re lire
重
光

书写而世界 阅读以介入

eons
艺 文 志

两个普通女人的
十 年 通 信

仙人球爱水
污士奇 著

上海文艺出版社
Shanghai Literature & Art Publishing House

献给时间。
它带走了过去的我们,留下了这本书。
仙人球爱水

献给我永远的幸运星仙人球爱水。
没有她,就没有这本书。
污士奇

目　录

回到文字，回到十年间（**仙人球爱水**）[003]

一个无限接近灵魂伴侣的朋友（**污士奇**）[008]

2012[013]

2013[023]　　**2014**[093]

2015[127]　　**2016**[145]　　**2017**[217]

2018[243]　　**2019**[305]　　**2020**[325]　　**2021**[379]

2022[411]

回到文字,回到十年间

仙人球爱水

仙人球爱水的反义词,就是污士奇。

一个有多活泼,另一个就有多沉静。

一个有多厚脸皮,另一个就有多羞答答。

一个有多随遇而安,另一个就有多清醒倔强。

但就是这样的两个人,在充实又悠长的求学生涯遇到了彼此,还莫名给对方加了一层维持十多年都没有碎的滤镜。毕业之后,一个生活在小县城,一个求职在大都市,却意外发现这世界上的收获和困惑真的大同小异。于是,两个晚熟的人在文字世界中相互安慰,用这种方式记录下了共同的十年。

* * *

人脑从长远来讲是麻木且健忘的,所以当下的喜与痛只能由文字负责保管。

时间这个东西,是禁止重复的,哪怕是我们自己,也回不到自己的上一秒。这十年间的许多事都被时间冲刷得干干净净。而文字是用来留存的,时间会赋予它厚度。再次翻看这厚厚的书信集,许多过往才又断断续续地重现。

回过头来看时,痛苦与快乐都被冲淡了许多,当时那么纠结的事情,现在看看却那么幼稚;当时十分骄傲的收获,现在看来也很寻常。但因为有了文字,才留住了当时那些幼稚或信心满满的自己,让她没有被时间风化,那样鲜活地立在了自己潦草又颠倒的文字里。从另一个角度看,来时的路也清晰了许多,看到我给污士奇同学绘画路上吹的彩虹屁(当然她的画真的越来越好),也看到了自己在工作的挫败中如何不断爬起。时间在此刻毫无声息,汇集起来却又那么汹涌。

这些长长短短的文字,凑成一个完整的过去。

* * *

这些文字凑出了完整的我们:现实的我们,当时的我们,以及理想中的我们(当然,如果你要说是幻想中的我们,我也接受)。

理想中的我们，曾为自己画许多大饼，现在还挂在那里，生涩难啃，让我觉得这真是一本"打脸"合集，定过的计划半途而废甚至压根没执行过，时时打鸡血，天天在摆烂。十年走来，再傻的我们也知道了人生不是爽剧，也远没有八点档热闹，自然也有了"回头再来一次，也不会做到更好"的自觉。计划会有，却也渐渐"稀疏"了。但污士奇同学越来越靠谱，默默地兑现过往，不声不响地整理出了我们这十年来的通信，并且温柔地催促我修订并写序，让我这个拖沓的人，带着因愧疚而产生的动力，在她给出的死线之前完成了任务。

我们曾把一个微小的情绪拆开了去剖析，企图了解和解救自我；我们没有成为理想中那么完美的自己，但自认是善良而美好的。

* * *

我可以替我俩认领"懒虫"的称号，尤其是我，以至于我都有些惊讶：这么多的文字，从何而来？！

现在想想，可能是因为生活中太少遇到我们这么晚熟的人，所以我们一旦接上了头，就有了一种安全感——我们两个谁也不会嫌弃谁，不会笑对方幼稚，反而能相互理解、相互打气吧。我们活着，虽然不需要全世界认同，但还是那么想要别人理解，虽然那个人理解或不理解也并不能代替什么，但就是这些虚无的东西，弥漫在我们生活的空气里，决定了我们是窒息还是欢脱。

于是，我们便在断断续续的通信中寻求这种理解。失败时，可以详尽地把自己的愚蠢一一剖析，也敢直白说出自己是真的沮丧，不怕被嘲笑，不怕被看轻。成功时，会把最些微的收获用文字的放大镜铺展开来，不怕对方嫉妒和反感。

除了相互激励，在书写里，我们还可以坦坦荡荡地做"以物喜，以己悲"的自己，可能这就是我们通信的动力吧。

* * *

当初写信的时候，时常充满纠结。如今改稿的过程，却满是惭愧。一部分源于理解后的宽容，更多是源于曾经对自己的高估。

回看这漫长的过往，当初嘲笑过的别人的那些缺点，也会时时出现在自己身上。刻薄地批评过的人，有好多慢慢发现也有许多可爱之处（但有的到目前我还坚持自己的观点，时间再长也不可能把一切变合理）。

我充分见证了自己的短视、浅薄和自恋,可能还将继续下去吧。

* * *

这十年,是现实主义的十年。我们经历了毕业求职、考编、生子、转行、搬迁……以及,共同变老,也在寂静处写下了一百二十回的内心戏。

这十年里,眼泪没有变成珍珠,但时间也没有完全被辜负。人不能拥有时间,同时还明白它当下的意义和解法。只因为无法拥有的同时还失去,愚钝的我们无法清晰比较这两者之间的差别。在迅速的更迭中,我们只得继续走,甚至没有更多的精力去探讨这些拥有或失去的意义,幸而我们留下了这些文字。人生洪流里,能为自己静立一秒,看看过去,看看自己,也是有意义的。

感谢这十年。
感谢我的幸运星污士奇。
感谢每一次选择动笔的我们。

2023 年 7 月 31 日

一个无限接近灵魂伴侣的朋友

污士奇

我和仙人球爱水是表姐妹,但我们的缘分不在故乡,而在他乡。

虽然是远房表亲,又在同一个故乡出生长大,我俩之前却从来没见过。直到去上海念书,刚好考了同一个专业,又刚好在同一栋宿舍楼的同一层,离得近,串门攀谈起来,才发现我们不仅是同乡,我们的父母竟然也好像是认识的。分别跟家人打电话说起,才知道我们原本是远亲,只是隔了好几层,生活也没什么交集,所以逢年过节并不走动。

回想起来,我们初次相识的时候,因着性格不同的缘故,并不怎么喜欢彼此,也没有因为是表亲而觉得有所不同。当时的我们对未来一无所知,并不知道在之后的这些年月里,会成为彼此最好的朋友,一圈一圈地绕着学校的操场聊天,从夕阳西下聊到暗夜沉沉，更没想到还写了这么久的信——虽然不想用这么俗套的话来讲，可如果这都不算缘分，那什么才算呢？

2012年，我离开上海来北京，仙人球爱水回到家乡，但联系依旧密切，我们开始用豆邮通信，一直到2022年，我们两个密集通信的时间差不多有十年。

我们的信中所写的，不过是拉杂的日常。一点快乐，一点希望，一点懊丧，一点愁苦，一点不愿示人的愧悔，都可以说给对方听。因为相隔甚远，不必承担面对面的压力，说起话来往往更痛快；又因为不是即时通信，往往是把几天甚至几个月的感想梳理清楚，讲给对方听，所以下笔也会有所思索，不至于像短讯那样纷繁破碎。

在我们刚开始通信那个时候，手写信已经式微，近乎湮灭不见，偶尔露面也是跟礼物在一起，承载了一种仪式感，再也不是人们日常交流的方式，显得稀缺而隆重。彼时，电子邮件风头正劲，方便快捷，还不怕寄丢，往复的信件也不必特意保存，只要ID不注销，网站不倒闭，这些通信就永远在那里。然而世事如潮水，到如今连工作都要依赖微信的时代，电子邮件也变得过时了。

作为万千普通人中的一员，仙人球爱水与我并不能免俗，我们的通信密集在2012年到2022年这十年间，后来便越来越少了，现在联络也越来越依赖微信聊天。原因有很多，工作繁重，生活琐碎，事事都要分走一份精力和时间，想到的事，想说的话，如果当下没有做、没有说，转眼就被各类的琐事淹没了。可又能如何呢？渺小的我们并不能抵御时代的大潮，能在随波逐流中握定方向不至于潦倒沉底，已属不易，哪里又能奢求更多呢？从前那样密切的通信，虽然难以为继，但过去十年中一起走过的路、说过的话，实实在在地写在信里，当我翻阅这些信件时，只觉得往事历历，好像回到过去，又走了一遭。

2007年在上海认识，到现在已经十多年。这些年，常常在我们通信的某个时刻，我很想感谢一下命运，让我遇见这样一个八竿子才打得到的表妹，这样一个无限接近灵魂伴侣的朋友。也许人人都会有这样一个好朋友，但我没想过我也能有，当我想起仙人球爱水，我就觉得我很幸运。

将这份与岁月共生的通信整理出来，是一个藏在心中许久的念想，这样做也并没有别的奢望，只是想给我们这段友谊一个十年纪念。回顾这些往来信件时，常常忍不住心生愧疚，当年许下那么多愿景，如今真正实现的也不过一点点；然而借此重温了我们十年来经历的种种欢喜和磨折，又觉得世间有情如此，人生没有白费。最想对仙人球爱水说的话，仍然是——

    幸亏有你这样一个人听我讲话，不然我都不知该说给谁听。

    谢谢你。

2023 年 8 月 24 日

2012

这一年，仙人球爱水从上海回到山西，结婚，旅行，复习考编，写了第一封豆邮给污士奇；污士奇从上海去到北京，入职新公司，交了新朋友，开始和仙人球爱水通信。

恭喜你，有欣赏的人总是好的。

——仙人球爱水

2012-03-28

仙人球爱水　　　　　　　　　　　　　　　　18:04

最近有本书叫《打工旅行》,是《新周刊》推荐的,也许你会喜欢。我拍完婚纱照了,洗出来了就传给你看。

我去了晋祠,大爱啊!里面有你肯定喜欢的古代木结构建筑,好看的牌坊,还有千年古树,还有好多名人题诗,书法都不错,我觉得比那些徒有虚名的5A级景区好多了。怪不得我们老师以前说晋祠很棒。可惜去的路上耗费了太多时间,到时已经太晚,要不然我和亮亮能再看好久呢。还有就是,去的时节有点早,过些天满园的牡丹都要开了。我们想着过一两年再去看看。要是能撺掇你一起去就好了。

我郑重希望以后让我的小孩认你做干妈。你要是以后不养小孩,就让她到时候和样样一起给你送终。话不吉利,心是真的。

祝岁月静好。

污士奇　　　　　　　　　　　　　　　**20:21**

宝，谢谢你一直惦记我。我最近状态还不错。在原来的 S 公司工作了一个多月，觉得很不开心，所以换到了小小的 Y 公司。

在这里遇到一位非常好的美编同事，叫燕妮。先前，我去 Y 公司面试的时候认识了她，我们两个差不多是一见钟情；但当时我觉得 Y 公司太小，就没有去。后来我不开心想辞职，又不敢裸辞，就问她 Y 公司是否还有空缺，她非常热心地为我联系老板，还发给我很多招聘的消息，包括她的前公司，一家小有名气的绘本馆。

我去了她推荐的这家绘本馆面试，顺利通过了。我告诉燕妮，结果她很纠结：一方面为我高兴，恭喜我得到好的工作机会；一方面又很难过，不能跟我一起做事。后来，我决定还是去 Y 公司，因为不想错过燕妮这个朋友，我觉得她能带给我很多珍贵的东西。

这里的环境也更宽松，给我很多做事的机会；大家也都是有理想、认认真真做好书的人。我觉得，只要能做有意义的事情，公司大小没有太大关系。我原来待着的那家 S 公司倒是很大，但不过是个大作坊，做的书都是从网上攒的，在那儿待久了，灵魂都没有了。

Y公司的同事人都很好，大家养了很多美丽的植物，我现在也开始养植物了——燕妮送给我一个宜家的玻璃花盆，我在里面注了些清水，种上一头大蒜。大蒜今天已经抽出绿苗，底下长出细细密密的根。我每天都会看它好几遍，第一次觉得照顾一个生命是很好的事。

一直等你一起去应县，也没有等到。有机会一起再去晋祠吧！不过，我前些天去北京的世界花卉大观园了，拍了很多照片，回头传给你一些。很美的一个地方！过些日子去爬香山和长城！一点都没有后悔来北京，我真的更喜欢这里。

我已经想好送你什么结婚礼物了。你一定不会失望的，因为那个东西我非常喜欢，很有意思的一件礼物。可能得晚点送你，它现在还很贵，我在等它降价。不要预期过高，可能没你想象的那么好。

祝蜜月快乐！

2012-03-29

仙人球爱水　　　　　　　　　　　　**10:24**

赵宏说，应县木塔去年已经不能入内参观了，只能在外面看。不过，我和亮亮都想去悬空寺和云冈石窟呢。我和赵宏通过电话，她的男朋友好有趣，希望以后会见到吧。

我和亮亮要去大同时，一定和你联系，但现在还未定下来。我们还谋划"五一"前后去云南，大概五到七天。亮亮说我应当发挥催眠口才，把你一起骗去。我们特别喜欢西双版纳、丽江，大理也不错。考虑一下吧，趁着大家有力气的时候去玩一把，旅行的机会总是放弃一次就少一次。我们都觉得咱们这个三人组是最佳旅行组合。

我很想见见燕妮，因为我大学时隔壁班有个女孩就叫燕妮，我很喜欢她，但大家相处时间不多。

问燕妮好，以及你的大蒜。

PS：礼物嘛，亮亮说，你给他寄一只烤鸭就好。

污士奇 **20:44**

"五一"前后出游的话,我可能得想一想,因为要请几天假。另外还有预算,你们算好了告诉我一下。我也很想去看云冈石窟,还想见见赵宏,这个花费和时间,应该能拿得出来。

2012-12-03

污士奇 **20:18**

你最近身体怎么样？好点没有？我是说你的耳朵和心情方面。

我找到新房子了，下个月搬家。刚跳槽两周，到一家新公司，比原来那个大一些。跟一位从前的同事成了好朋友。

我刚吃了一整盘的白灼芥蓝，好好吃啊！还做了一锅胡辣挂面汤，好好吃啊！

2012-12-04

仙人球爱水 **13:13**

恭喜你,有欣赏的人总是好的。

我的感冒终于好了,晚上去上晚自习。大同也终是没去成。雨过天晴,还能像谢耳朵一般,继续贱兮兮地活下去,也是幸运吧。身体还是老样子,我在练习五禽戏。心情嘛,无论喜与恶,我都该学着节制,这才是关键。

亮亮说了:能吃,证明还活着;想吃,证明人生还有希望。对于你这种超级吃货,人生真是前景无限啊。

天冷,多加衣。

2013

这一年,仙人球爱水考编上岸,期待成为一个优秀的教师;污士奇在工作之余,翻译了一些小绘本,发现画画的乐趣,期待成为一个灵魂画手。这一年的我们,都有些怀念母校,都重读了汪曾祺的散文。

与其说我们应该大胆些,
倒不如说我们应该放松些。
————仙人球爱水

2013-01-29

仙人球爱水　　　　　　　　　　　　　　**13:14**

你现在还锻炼吗？海带给我一个在线运动的网站，看着挺好的，在家里就可以做运动。你想学素描当然是好的，不过随着年龄越来越大，我觉得运动是最重要的——体力不支了，做什么都不痛快。

还有，我现在觉得做手工本子真有意思，想尝试做做。豆瓣有个叫卜卜的，我看她做的手工本特别舒服，自己也有动手的冲动了。

昨天在太原吃了好吃的披萨，还有铜火锅，是清真的，里面没有汤，就是直接加清水的，没想到味道也很好。亮亮本想拍下来跟你炫耀，只是他手机摄像头坏了，另一个手机效果又太差。

我买了一双匡威，经典蓝色，正好遇到半价，亮亮也想买，结果没有他的号，哈哈！

我的班上有一个神奇的男孩子，思路清晰，为人倔强，让我想到你。可惜他不喜欢学习。不过他喜欢读书,又爱思考,也就很难得了。

污士奇   **22:02**

最近很少锻炼,想把太极拳学起来。不敢太贪心学80多式的那个了,还是先学个18式或24式,练练架子再说。

挺喜欢现在的这个C公司,同事都很好,出的书也不错。有点遗憾是,换了公司,搬了家之后,生活环境没有以前好了。以前上班的地方在郊区,有个特别大的公园,很多树,我常常午饭后过去散步。可现在不行了,住的地方和上班的地方都只有楼,没有树。

上周末回了一趟之前上班的地方,高楼少,人也少,车也少,空气也好。还是有好多树。街边又多了三五棵火红的枫树,银杏树金黄金黄的。好久没看见这么多好看的树了,当时激动得想哭。可能过了冬天就好了。来了北京以后,特别想念上海。

换了公司以后,工作基本能适应,但心态没有调整好。做过好几次不好的梦,梦里哭得真伤心。可能是试用期压力有点大,跟同事也还没特别熟,有点紧张。经常因为小事纠结。

我好久没痛快说话了,总是一开口就在重复以前重复过很多次的话。我有点害怕，觉得时间和思维好像停滞在某个点，不再往前走了。自从我离开你，就很久没进步了。宝，你一直是我的幸运星。

在之前的Y公司遇到一个小姑娘，艺术专业，品位很好，跟平平同岁，跟你有点像。我俩都喜欢香港电影，一起看了粤语版的《寒战》，又约好一起看粤语版《毒战》。她年后就要辞职回内蒙了。

我想过年回来后，周末挑一个上午学画画，再找一个下午去做义工或志愿者，让生活有点变化，做一些从前没做过的事，认识一些不一样的人。说不定能碰到喜欢的人。

我现在觉得我一点也不神奇，各种笨。呜呜呜！

2013-02-01

仙人球爱水   **20:26**

我回来以后,也很孤独。

原来相熟的朋友都有家有口了,大家很难得碰一次面,谈论各自的话题。

我也不知道,有时候我觉得也许我苛刻的毛病日渐严重了。但更多时候我还是安慰自己,也许是我对人总是有要求,不能得过且过地对待生活,哪怕是一段谈话,也要力求有趣才好。

回来以后,我觉得自己没进步。有时候我甚至不太清楚进步是什么了。直到有天晚上课前抽查,一个女孩子能把我上午课上讲到的十个重点词的意思全说出来。对他们而言那么枯燥的古文《高祖本纪》,我以为只能带着他们疏通一下文意,没想到有人听,而且理解了,也记住了。当时觉得,这个学期和学生一起学习的那十多篇古文是很有意义的,包括我曾深觉枯燥的《陈情表》《项脊轩志》,读着读着,居然能盈出泪来。也觉得有些亏欠这些孩子，他们当中确实有人在认真用心的，我一开始却觉得他们根本是在熬时间，在这个非重点高中混张毕业证。

也有学生上课看网络小说《人生若只如初见》，我便给她讲这个题目的来源与典故，暗示她有选择性地看小说。我不生气，她有想看的东西，总是好的。对待学生，也要因势利导，如果没有主观努力的意愿，把人绑在那里，人也不能听进去一个字。

人生既是"人往高处走"，有目标，有追求；也是"水往低处流"，因时而异，顺势而为。生命好像漫长渺茫，像被包围在雾霾中，但每个人都是一字一字、一段一段、一课一课地积攒的。时间当下好像只能给我们一点点的小小的收获，但没有因此而丧气和焦躁的人，坚持了下来，就能获得惊喜的馈赠。

心里有阳光，不怕黑暗；没有森林的时候，在心里种一棵小树。

所谓进步，是回过头才发现的。

支持你做义工，一动总好过一静，多走些路，才能觅到新风景。

你的幸运星永远爱你。

PS：以后有空，就多多给我写信，或长或短，当思维成了文字，感觉才更踏实，也可以理清许多胡思乱想的东西。我和平平有时也通通信，她说回过头看看这些信,觉得自己又成长了一点。晚安。

污士奇 **21:09**

宝,有你真好。我想抱抱你。

我不敢保证会多多写信,但我想要认真说话的时候,一定会写信给你。

晚安,我的幸运星。

2013-03-10

污士奇 **09:25**

你还记得我之前在上海的时候,为了请导演签名才买的黑色布面本子吗?最近我把它用起来了。我选了一些《时尚先生》今年的贴纸,贴在有导演签名的页面,那些贴纸上的话我都很喜欢。一翻本子就能看到喜欢的导演签名和喜欢的贴纸,很开心。

最近在看加缪的《鼠疫》和《局外人》。这个人的笔调太过冷静,其实我不太喜欢——但很奇怪,里面有些东西却触动我,让我重新开始做读书笔记了——读书笔记这个习惯,我已经放下许久了。现在我用这个本子,把那些触动我的东西记在里面,每次翻看,感觉或与上次相同,又或有所不同,心里会有些奇妙的满足感,觉得过去几天或者几个月的自己触手可及。

可能我是真的老了,上学的时候每天泡图书馆,不拘是哪一类书,只要感兴趣就拿来看,求知、猎奇的心思极重。其实，在很长一段时间内，我一直以爱好猎奇而自豪。可现在，阅读于我，成了抚慰内心的手段，别的反而都不重要了。

最近看的一本是格雷厄姆·格林的《生活曾经这样》，散文式的回忆录，非常舒服的意识流。作者所写对于过去生活的感情很打动我，他的回忆过去的方式以及情感，跟我独自乱想的感觉好像！或许所有人在忆及旧事时，都是如此吧。

有一首很好的歌，斯嘉丽·约翰逊为纪录片《逐冰之旅》唱的主题曲，入围本届奥斯卡最佳原创歌曲，我觉得比阿黛尔的《天幕杀机》有味道，虽然最终并未折桂。这些日子一直在单曲循环这首歌，安静地一个人听，不拘早上、午后或深夜。

仙人球爱水　　　　　　　　　　　　　17:51

昨天和今天风都很大，昨天的风，刮得面包车都平地摇晃。

我坐在车内，看着亮亮家里两万颗松柏树被大火烧焦了。亮妈妈站在地头哭了好久。那些树是撒种种下去的，出了苗再移到地里，养了十几年，不知是哪里的一颗火星，伴着这场大风，就把这多年的经营化作树的尸骸，一株株黑黑地立在那里。上帝说，我们种些什么,便收些什么。可见这句话,也不完全对的。

我刚刚讲完《蔡元培自传》,以自己的口味来折磨学生,实在不是好老师的表现。老师们常常说,这些学生基础差,哪能懂这些。我却不信,见过总比未见好。我讲蔡元培就任第一天,校工向他行礼,他居然也脱下帽子,向校工行礼,众人惊呆了。我问学生,这个行为特别吗?学生说,很难得,在今天,仍旧难得。好一个"在今天"。

我看完《安娜·卡列尼娜》的电影了,凯拉·奈特利的美貌也许够了,但演技实在不足以撑起这部戏;卡列宁的角色被美化了,若不是看过小说,我是要被误导的。但我想这部片子的舞台设计和戏剧性你应该会喜欢。安娜对爱或者自由的执着与追求,正如蔡元培的举动,即使在如今也是大胆且难得的。一个人敢爱,原来是很难得的。做过的事,无论后不后悔,都是值得的,人生哪怕有再多的悔,也比空白好。

你推荐的歌我也喜欢听,《天幕杀机》那首旋律还是很流畅的,但斯嘉丽这一首歌打动我的,是那些停顿的地方,正好停在让人心微痛微痒的点上。

《新周刊》做过一期"先生"专题,现在有纪录片了,在腾讯上独家播。上大学的时候,教育学老师提过这句话:"质胜文则野,文胜质则史。文质彬彬,然后君子。"当时不懂,最近有天早上,刚一醒来,脑子里就突然冒出来这句话。可能是我之前种在脑子里了,现在收了吧。

我觉得我已经好久没看书了,亦舒的小说倒是又看了些。想起曹老师说的,凡是不做笔记的书,不读也罢。真是个精神断档期。

污士奇 **21:08**

我倒是觉得你并未断档,你的职业不给你断档的机会。我是真的好久没认真看书,就算看也是当快餐的侦探小说,只在排遣地铁时间,全无营养可言。至于以前看过的一些东西,当时有所感触的,过去了也便忘记。

至于我的工作,深究下来也很机械,现在新鲜感在渐渐消退。有些东西,比如之前一直在写的小说,放下很久,一直说要重新拾起来,到现在还没拾起。去年画了一张画,也不如从前了。我想,既然如此,不如从简单的做起,现在只把喜欢的文字认真摘录下来,慢慢地,也许从前的自己就会回来了。

打算找《蔡元培传》来看看,你看的版本是哪个?

PS:喜欢你说的:"上帝说,我们种些什么,便收些什么。可见这句话,也不完全对的。……一个人敢爱,原来是很难得的。做过的事,无论后不后悔,都是值得的,人生哪怕有再多的悔,也比空白好。"

PPS:代我问候亮亮,他家的事虽与我无关,但是看到你写的,心里却有点难受。只希望大家以后一切顺利,平平安安。

2013-03-11

仙人球爱水   **20:10**

我看的是蔡元培在北京大学任职期间的自传，很短的。现在的语文课本很有趣的，这是《自传选读》中的课文，同时还有《短篇小说选读》，还有《史记选读》可时常回忆一下，还是挺不错的。

昨天晚上，教学生写蔡元培的年表，顺便回忆辛亥革命、五四运动，学生出奇地安静，都认真翻着书从课文中找关于蔡元培经历的蛛丝马迹，专注极了。

准备出发去讲《唐诗宋词选读》了，虽然诗词选的未必都是自己偏好的，但和诗词作伴数月，感觉应该不错。开篇是杜审言的，"云霞出海曙，梅柳渡江春"，细究深意，倒是有点惦记江南了；"未老莫还乡，还乡须断肠"，韦庄这首也在其中。

2013-03-24

污士奇 **21:58**

这一周本来很不爽。工作上的事催得紧,弄得我都瘦了。

昨天下午我发神经,冒着大风出去溜达,意外发现附近有个挺大的广场,可以滑旱冰,稍稍开心了一下。进到广场里边,在那个只有几棵稀稀拉拉的树的小树林,碰见一群狗狗,有只挺帅的金毛叫优优,超级喜欢我,围着我各种要亲亲和抱抱。我马上开心了许多。紧接着遇见一个老先生,我问他附近有没有大点的公园,他说大概走二十分钟路,就有一个超大的森林公园。我又开心了许多,想着找个风和日丽的周末去探索一下。

最近有个友邻总结说,如果你最近过得不爽,很有可能是以下两个原因:最近没怎么读书;最近没怎么运动。最不爽的时候,肯定是你既不怎么读书,又不怎么锻炼的时候。我觉得很有道理。天气马上暖和了，风不大的时候就能打羽毛球、滑旱冰了。

顺便说，法国片《登堂入室》非常好看，是我今年看过的最好看的片子，不疯魔不成活的绝佳诠释。亮亮一定喜欢。

2013-03-26

仙人球爱水   **19:01**

最近和亮亮边吃饭边看《鹿鼎记》，亮亮奇怪为什么金庸最后写了这样一部书，跟之前的作品差异太大了。我想，是老先生经历了人生种种，少了很多精神洁癖，对善恶美丑的真谛有了更本质的认识吧。

你看，韦小宝是个混混，深谙人性，溜须拍马泡妞都有一手，好像是个无耻小人，但他又重情重义，不辜负兄弟朋友。所以，我们对人也应该是这样吧，希望年纪越大，能够越宽和，不只停留在他人的外在，不要老是拿第一印象和自己的口味给别人打分数、分高下。这样，才会遇到真心人。

至于你说的读书和锻炼的事，我倒是早发现了，经你一说，更深觉如此。

我最近最大的成就是，"逼迫"我的学生背下《春江花月夜》，真有许多人背下来了，连我都惊讶。

2013-04-20

污士奇 **00:39**

一连好几个周末都挺累。好几次想给你写信，又因为没心情而搁置了。原来想要说的开心话，现在也想不起来。这周有些事情面临了结，包括我那个拖了很久的稿子。

虽然对工作稿感到厌倦，写出来的东西连我自己都看不上。但还是有写字的欲望。之前跟你说过的《生活曾经这样》，我在看第二遍了。格雷厄姆在数十年之后回忆过往的生活，很多地方都打动我。并不是他的文笔多好，感悟多深，而是有些回忆触动我最近一些所思所想。我很想把一些往事写下来——过去的有些事情，当时觉得不堪回首，可现在想想，好像都蒙上薄暮的光，只觉得温暖。是不是因为心境老了才会如此？也许我还是太不快乐了。

有次去印厂，捡回很多梧桐树的种子，种在公司前面的草坪里，现在居然冒芽了。看到绿色很开心。

原来我觉得很丑的地方,现在也发现有美。绿色和白色都是神奇的颜色。

我很喜欢谢耳朵,所以你说我像谢耳朵时,我很开心。宝,我想谢谢你。

仙人球爱水 **12:32**

许久未上网,今日一看,便又是一份你夜间不好好休息、神游八方的确凿罪证。

你的话,让我想到普希金的一首诗:

> 假如生活欺骗了你,
> 不要悲伤,不要心急!
> 忧郁的日子里须要镇静:
> 相信吧,快乐的日子将会来临!
>
> 心儿永远向往着未来;
> 现在却常是忧郁:
> 一切都是瞬息,一切都将会过去;
> 而那过去了的,就会成为亲切的怀恋。

我原来公司的何老师是个很感性的人,一直用最后一句作QQ签名。

首先我们说说念旧的问题。好的方面讲，就是你经历丰富了，人生也不是一无是处，头脑也不是空空荡荡，所以有可恋的，有可念的。不过多做这些怀想，即使有温馨，有时也徒增些惆怅，还是努力当下，争取为将来创造些精彩的回忆吧。知道自己的秉性，更要着力化解，而非顺应它。人要有真性情，却不能一味被性情左右。就像《飘》里的白瑞德与卫希礼，虽然都知过去岁月有美在其中，个人对现实的态度却仍旧有所不同。当然，他们有着现实环境的制约，是有些身不由己的，但我们却不同，我想你明白这点的。这个时间，还不该追思怀念——人到三十，总是不再年轻有活力，全靠一口气，提不提得起来，全在自己。

只有知道什么是人生，人生才算开始，其实我们的人生也没开始多久，所以还正在"幼儿期"，正该知耻而后勇，轻松向前。我知你身在异地，又生而不太自信，于过往有留恋，对未来多彷徨。一切只需想开点，我们不过中人之资，也不是那种完全力争上游的性格，除非机缘凑巧，否则人生不会有什么傲人的建树。最大的功劳，就是经营好自己，让世界上多个有趣的人，偶然能感染他人，就是额外的收获，所以这一层的困惑，也该渐渐放下了。另一重，无非是物质之类，有多丰盛，我看也不能了。不过梭罗说得好，富有的人，只不过是需求的少。我们不能大富大贵，却也不会衣食无着，一生也就够了。再一重，就是更远的，老态龙钟时的问题了，有些飘渺，现在谈论还太早，等到你的如意郎君出现了，你们自然可携手同行。你的情况自己最晓得，总是不愁一个养老居所的。当然，你能回来更好，我们可以结伴学学国画装裱什么的，老有所乐。

越扯越远了。说这一通，无非是想说：对的人来，不怕晚；懂的人生，更不怕迟。一切所为，但凡有收获，都是额外赚得，该当欣慰才是。

宝，以后多做事少思考，有心结也不要当缩头乌龟。更易做的一件事是：尽量早睡，你的代谢本就比常人快，更要多留时间让身体休息。晚安！

PS：我今天陪爸爸去太原买车了。可能我不会开车吧，我对这些没有要求，我觉得车能开就好，剩下的钱，我一定用来旅行。

仙人球爱水　　　　　　　　　　　　　　**13:46**

午饭完毕，接着写。

这世上，我们看不上的东西和人多不胜数。但我们没做的，别人做了，收获的就是别人。人不能因为能力有限，就总是停留在幻想与"看不上"的阶段。这篇东西你看不上，但当时也没能写出更好的，那这就是你当时的水平，就像学生每次考试完毕，都觉得自己可以表现更好一点的。人生譬如战场，临阵一枪就是全部，没有什么如果。珍惜自己的每一次劳动成果，也面对每一个成绩，才会更好。"看不上"是我们这种人的大敌，"敢承认"才是解药。

人不看过去，现有水平，无非过去积累，当立足未来才对。所以，后续有无提高，为提高有什么计划与打算，才是正事。

把你教训了一通，却全骂的是自己的毛病，看来我俩蛇鼠一窝，都不是什么好东西。我也该试试看，动手写写东西了，许久未动笔，拙劣之上该更加拙劣了。只觉文字令人心定神安，是真正能与现时的自己对话的东西。

昨日种种，譬如风过；明日种种，譬如日升。挨过冷风吹的人更懂坚持，却不必计较那些拂过的痕迹；心怀期盼才能放眼四方，有未来也有温暖。

2013-04-27

污士奇　　　　　　　　　　　　　　**21:10**

周日独自去了元大都遗址公园,喝多了凉茶,胃里各种难受,再加上前夜晚睡,困到不行。最终找了条长椅坐下来,坐着就睡着了。大概睡了半个小时醒来,打算略逛一逛,回去算了。说实话,这个公园除了两块石碑也没啥可看的。直到我看见河岸边的那群杨树。

说起来,杨树并不算美丽的树木。我之前喜欢过柳树,它在夜晚路灯下的影子很曼妙;也喜欢过槭树的精致美丽的红叶,来北京后越发怀念康健园;不过,我喜欢法国梧桐更多些,青白斑斓的树皮那么光滑,叶片是大大的绿色手掌,优雅高贵又宽容亲和,盛夏时节它绿荫最浓,冬天落光了叶子的枝桠都很好看。前几个月去印厂时,捡了好些法国梧桐的种子,踩碎了撒在公司楼下的草坪里,现在竟然冒了许多嫩芽出来——也许那些小苗根本不是梧桐,就算是梧桐,估计长高不久，也会被当成杂苗揪掉，要不就被狗狗啃掉，都是可预见的下场。

扯远了，再说我遇见的那群杨树，都长得很粗犷，长出新叶的样子倒是不难看，不过树干的皮肤都不好，各种爆皮瘢疤，其实挺丑的。不过，那些圆圆的大大的疤，如果细看，能看出浓妆的眉眼，跟别的瘢痕组在一起，就是一张特别有意思的脸。每棵杨树的脸都不同（只是杨树如此，我后来又专门看了别的树，它们统统没有脸！至少是没有这么明显的），有的树干上会同时有好几张脸。我还在一张沧桑老脸的下面发现一个仗剑的披发武士。

我原以为自己的想象力已经枯竭了，没想到还有一息尚存。我记得当年郑渊洁写过一篇童话（篇名记不得了），说一个女孩子在桌面上看到一片木纹，很像一张脸，结果里面是另一个平行世界，确实有个小孩在那里。我看这个故事时深为所动，因为我常会在一摊污渍里发现戴花的鳄鱼，还在破烂木门里见过热带雨林的巨蟒。那些幻觉，有的还记着，有的已遗忘，当时看到就看到了，并不知该拿它们怎么办。不过，我现在可以画下来。

在公园的那天下午，我只带了铅笔和普通的本子，先是照着描下了一个惊恐的侧脸和那个披发武士的大概，还算满意。我觉得有色彩会更好些。不过画画的装备不齐,一切都施展不开;但带足工具施展开了画,估计还会招很多人围观。我决定下次拿相机把那些脸拍下来,回来好好画一些。希望我去的时候,那些脸还原封不动地等着我——不过,即使有变化也没什么,也许新的脸孔我更爱。

我现在的感觉好些了,不知道算不算解开心结。我之前看《诗翁彼豆故事集》,里面有一篇《巫师的毛心脏》,讲一个巫师为了不受伤害而拒绝一切情感的故事,后面邓布利多的点评里有一句,说爱和受伤是人类的本能,逃避不仅不对,也不可能。我觉得自己有点像那个巫师,极端又孤独。给你写信那天,正是心情最低谷,因为看见了一个很没指望的结果。虽然明知没指望,可还是伤心,不愿承认一切都是白费。这件事我有犯错,不过并不后悔(其实也不是完全不后悔)。如果有下一次,我会更清楚、更勇敢、更豁达一些。

2013-05-04

污士奇 **21:31**

平平同学如期来到。然而我实在不是一个好导游，只能默默希望她还喜欢这次北京之行吧。平平送给我很多不错的礼物，还成功地让我决定做如下几件事：

一、做好皮肤保湿。外在会影响内在。

二、随时提醒自己保持微笑。微笑会让人心情变好。

三、找到自己紧张的原因，各个击破。我觉得这个有道理。

四、找一份自己喜欢的兼职，可赚钱，可交友，可见世面，一举多得。

五、每月都坚持存下定额的钱。只有这样才能存下钱。

六、为旅行做准备。想去的地方很多，香港、成都、西安、厦门、丽江。今年最有可能是西安或成都，因为花费不至于太多（很希望你能一起，就是不知道你有没有时间，想当初这个建议还是你和亮亮提的，我一直惦记着呢）。香港的花费比较多，估计今年不成。

　　平平是个优秀的女孩，然而也实在是个话痨……我很欣赏她，但相处起来还是有些累。

2013-05-05

污士奇 21:59

一直想去北大看看,可因为我懒,北大又远,又想等春暖花开的时候,所以一直没去成。上周末室友在家换锁,成全了我去北大这件事。室友在外企,不按国家假日来休假,所以周日那天,我去上班,她放假在家换锁,换完锁后去了叔叔家,一时回不来。我下班后无处可去,想来想去,不如去北大看看。

我到北大的时候,快七点的样子,天已经黑了,学生们下了晚课结伴回宿舍,三个五个在昏黄路灯下聚作一团,说说笑笑地往回走。这里的路灯是老式的六角灯,黑色的铁灯框融入夜色里。想起咱们在学校的时候,有天晚上一起从图书馆回宿舍,看见湖心岛路灯下,大朵盛开的广玉兰,你在花下的赞叹声还在耳边。

昨日送走平平,今天把卫生打扫一番,擦灰扫地洗衣服,忙了一上午,很有成就感。跟我可爱的老妈打了一通电话。做了番茄杏鲍菇，还有香椿炒鸡蛋，味道都不错。想来某种美食之所以让人惦记，应该是当时佐餐的时光也很惬意才是。

存了要好好画画的心思之后，才真正明白为什么画家喜欢照着真花真树画。相机拍下的照片有色差，是一个很大的问题。人眼看到的色彩，和相机拍下的色彩相去甚远。那些细节上、光线上的生命的感觉，只要拿相机一拍，就变得死相。也许人有心，机器没有心，所以拍出来的东西不一样。不过即便机器有心，也不是我的心，拍出来的东西自然也不同。有豆友说："读书读人，其实都是读自己，看花看景，也该是如此。"我想，既然能看到有趣美丽的东西，说明自己还是个有趣、有美的人吧。

最近看一部电影，叫作《听说桐岛要退部》，很不错。讲的是一个热爱重口味恐怖片的高中男生前田，参加了学校的电影部社团。他资质平平，努力拍片，得来的都是嘲笑；又因为长相太普通，心仪的女孩喜欢的是别人；再加上电影社团在学校的地位极低，日常拍一场戏，都有人各种抢地盘出幺蛾子。后来在学校的天台，前田终于忍无可忍，号召电影部成员跟无端打扰拍戏的排球部（学校的明星社团）大战一场，结果两败俱伤，都没什么面子。帅哥菊池捡到被撞掉的摄影机镜头，还给前田，开玩笑地问他："为什么要拍电影,是以后要做导演?要和漂亮女演员结婚?还是要进军奥斯卡?"前田不好意思地笑着说:"我应该当不了导演吧,但希望自己做的事情能和爱好有个交集。"看到这里很感动。还有一句台词很喜欢,是前田写在自己的僵尸片剧本里的:"战斗吧!这就是我们的世界,因为我们不得不在这个世界上活下去。"

2013-05-12

仙人球爱水　　　　　　　　　　　　　　　　**19:09**

一上豆瓣就收到你数封信，你的爆发衬托出了我的懒惰，现在要好好给你汇报一下近期行踪。

一次长治之旅。

我高中老师的女儿要高考了，我们去长治看她，老师在女儿学校附近租的房子，月租就得一千五，还不算别的。但刺激我的并不是房租贵，而是她培养女儿的心态。她是个素养较高的人，一直很重视女儿的教育，给她买不少课外书，自己也一直研读有关子女教育的书籍。她的女儿在我看来不是天赋过人的孩子，但是在她的培养下，很有毅力，也渐渐积累了一定的"智慧"（你明白，这个和智商是不太一样的），现在联考能考五百九十分。如果付出同等的努力，我当年是不是也可以获得这样的结果？然而当时坐井观天，根本对这个世界一无所知，侥幸够着个"二本"都像个得食的狐狸。我一直进行这样的自我教育：人就是马马虎虎地过的。

这样看来，我们因着生活的环境好像失去了许多；但回过头来看，没有读好大学，也没上好的学校读研，却遇到了生平对我要求最高的曹老师，且他不是一个刻板地要人成功的人，他还希望你从中得出趣味来；我也遇到了你和平平，让我觉得自己不是一个与世界格格不入的怪胎。否则，即使读了名校，有了丰厚的收入，也是庸庸碌碌，永无内心踏实的一日。人生曲曲折折，因为失去过，所以才能有这得到的机缘吧。

一次榆次之旅。

我们去参加了格格的婚礼。因为你和亮亮陪伴我最多，所以我也稍稍从你俩身上学得一些沉稳，也希望获得更多的沉稳。对于仪式性的东西，我现在渐渐不大热衷了。希望可爱的格格幸福吧。

像我这样的神经刀，不节制自己的大嘴巴，到每天晚上发现空谈了一天而什么也没做，就会失落，日积月累就更可怕了。我想只有懂得节制的人，才会在本我和超我间找到一个平衡点，从而获得生命的乐趣。那些只顾埋头攀登的人，或是一味放纵的人，都不会收获多少。

说到平平嘛，我俩真的话好多。我俩最喜欢诲人不倦，想想真可怕，难得我俩能相互买账，哈哈！她比起咱们两个，还是要聪明、激进些，这是她的长处。

平平是个懂事的孩子，活成现在这个样子，真的全靠自己争气。我们每个人活成现在的样子，都不能不说是十分幸运的，其中只要错半步，都不知如何是好。

我路过太原，去买了理肤泉的水和乳液，却意外觉得附赠的洗面奶真好用。我也预备坚持用爽肤水，毕竟天太干了，还打算以后自制点乳液用。我想这也是"节制"的一种吧，克制自己的惰性。你想想，有很多让我们受益的事情，比如健身，比如认真洗脸，都是每天用很少的时间就可以的，但是一屁股坐电脑前浏览起乱七八糟的东西来，就觉得没有时间做这些事情了。

提到理财，我觉得中国的小孩最缺少的就是这门教育了。你有兴趣的话，可以看看《小狗钱钱》这本书，是以故事的形式讲的，通俗易懂，让我觉得自己对于理财，真是个白痴。

我的堂哥买了一只小雪橇犬，家里的大松狮因此抑郁了，因为大家都更喜欢小狗一些。那只松狮从小和藏獒一起长大，本来就有心理阴影。今天听嫂子讲了这个，想想这只松狮被大的欺负完，又被小的抢走关注，觉得它好可怜。

2013-05-14

仙人球爱水   **16:04**

亮亮说，我们都是别扭的家伙，囊中羞涩还不愿意跟团游，哈哈！

到现在我无法确定行程，你说的这些地方，除了丽江去过、厦门没多大兴趣外，其他都想去。都说九寨沟好，除了成都，也想去这里。但是今年经济太紧张，除非我考上稳定的教师工作，否则怕是无法出行了，可到现在迟迟没有招人的消息。

希望今年顺利，可以一起出行吧。每当想到旅行，我才觉得有钱有闲是件幸福的事。

另外，你拍下来的照片可否发我几张，我想让我妹妹有空也画画，你们一起画有趣点。我妹妹太懒太懒了，不督促她做一些，她简直像个昏沉的老人。我当个长辈真不容易啊，哈哈哈。

2013-06-10

污士奇　　　　　　　　　　　　　　　　**23:23**

最近事情比较多，这个假期之前基本处理完毕，有心情给你写信了。因为琐事太多，所以最近也没画新画，我画完后把之前的几张邮给你。

平平给我的建议，除了存钱这一条，其他的我都在努力践行（我现在财政危机到要跟信用卡借钱生活的地步，正在努力寻求改善）。另外，她之前跟我讲过如何消除紧张的方法，就是做某件让我紧张的事之前，私下反复练习几遍直到有把握够顺畅。上周我们公司说书会，我回家自己演练了三遍，虽然结果还是有些紧张，还出了一些纰漏，但竟然意外地没有声音发抖。我下场后跟同事验证，她们都说我的声音听起来很镇定，而且讲得还可以。我当即觉得自信回来一点。

平平走后，我觉得我对北京了解得太不够，找时间逛了北大和颐和园，这两个地方都很喜欢。北大之前是晚上去的，没有逛完，这次专门花了大半天的时间，走了四个多钟头，还没完全转完。除掉三分之一的现代建筑之外，之前的旧房子、旧园子和碧湖绿树占据了大约三分之二的北大校园。我去的时候正好微雨，有回到江南的感觉。没想到的是，颐和园竟然有几分像西湖的样子。逛了一阵子才知道，这个园就是乾隆照着西湖造的，难怪如此！我在苏州街（颐和园旧时的宫市，环水边上有各种小店，老针铺，织造所，吐云斋——其实是卖烟斗的，等等，都是旧时名称和牌匾）的一家旧书店，买了空白宣纸经折本，织线绸布面的，国庆回去带给你。颐和园的吃食并不贵，十几块钱一餐，但味道一般。真没想到江南文化对帝都影响这么大。真遗憾当时没怂恿平平去颐和园和北大。

2013-06-18

仙人球爱水 **15:47**

听你一说,我好想去颐和园。等我有正式工作了,就可以去找你玩了,说不定一年可以去两三次,你都得给我买个帐篷了。

亮亮也办了一张信用卡,可以透支两万,所以他就玩了一下,透支了一点上周去还了。不过这个东西太危险了,尤其对于记性差的人……不过,你在这方面记性应该还好吧。

我们暂时还是宽裕的,你没钱了一定告诉我,我就是你的无息银行。只是你现在都财政危机了,还怎么出去玩啊?理财真是一件复杂的事情,尤其是钱非常有限的时候。我最近搞了一项"伟大的"攒钱计划,因为我得换一个吹风机(好吧,我承认,我现在的超人牌吹风机好好的,我就是嫌它不舒服)。我备好一个小零钱包,每当我忍住一次不良欲望(吃甜食、吃冷饮、短途打车等),就把相应的钱放进去,直到攒够钱再去买吹风机。因为这个,我已经少打了三次车,少吃了三次冷饮,少吃了一次甜食,了不起吧?

仙人球爱水　　　　　　　　　　　　　　　　　15:53

我最近也在坚持护肤,我爸说我的皮肤变好了。

今天课间休息的时候,我和学生比赛踢毽子,谁输了就挨一个脑瓜崩,踢得我老汗直流啊,结果中午睡得像头死猪。

最近该总复习了,学校没买回复习题,你猜我上什么?《聊斋志异·聂小倩》。以前也没好好读过,原来和电影的差别这么大。

平平给我寄来一页她的画,是未开的荷花,真是漂亮,受过专业训练的学生,技法上还是不一样的。这让我时时有隐忧,像我和亮亮这样,美感、乐感都奇差的人,生个小孩岂不注定是艺术盲?真是遗憾啊,要不咱俩生一个吧?

很高兴你小小地战胜了自己一把。我想你其实挺适合看看卡耐基的书的,比如《人性的弱点》。我和平平这样的人不适合看,是因为我们很容易陷入励志书的旋涡里,但你不一样,看这个相对实用些。卡耐基针对一些问题提出的解法,其实挺中肯的,有的也实用,当你有这方面的问题,也想解决,正好看一看,是会有些帮助的。个人意见，仅供参考。

我最喜欢平平的地方，是她可以精致地生活：U盘放在专门的小绣袋里；每天穿的衣服清清爽爽；不管是一页纸还是一个口袋，都漂漂亮亮。以前，我见过富有的人，见过能干的人，却没见过平平这样的人。我想，无论从内心还是外在，都活得漂漂亮亮、清清爽爽，就是一个精彩的人生。

还记得我那把上海故事牌子的败家晴雨伞吗？现在还在用。今天上午下雨了，正好用；下午醒来，又大晴了，接着用。我买的时候犹豫，觉得这伞小巧，可收伞太麻烦，那个我见过的最好的导购姑娘边帮我收伞边说："没办法，生活从来不是随便的事，即使保管一把好伞，也是要不怕麻烦的。"

想念你，你国庆回来，我们去南湖划船吧。

PS：刚看了你的《杨树脸1号》，这是我认为你到目前为止最好的作品。色彩协调，构图比例也好，表现力强，成熟了不少，却没有失去感觉传达的敏感度。加油啊！

2013-06-22

污士奇　　　　　　　　　　　　　**14:19**

经过上次说书会的小小成功之后,我打算听从你的建议,看看卡耐基,争取有更多改善。平平是个好孩子,上次虽然来的时间挺短,但教给我很多东西,还很立竿见影。我正准备写信谢谢她。

公司新来一位同事,很热爱生活,认识各种植物,会经常买鲜花放在家里,她说,虽然开的时间不长,但是看到鲜花,心情就会不一样。端午时,我买了三支火红的非洲菊,插在玻璃花瓶里,非常喜气。乔同学回来一眼就看到,我每天回来也会看看它,还给它画了画。平时吃的紫红皮的水萝卜,我总是把带缨子的一头切下来,放在瓷盘里,清水养着,能活好一阵子,缨子长得老高。

前天,非洲菊完全不行了。昨天下班回来路过花店,一下看见了紫色的睡莲,十元钱买了五支回来,现在正慢慢地开,等开得差不多了画下来。看到你给

《杨树脸1号》的赞美,我好开心。这些日子最大的感触就是:大自然是真正的艺术家。

我的财政危机近期有望好转,经过我几个月来勒紧裤带辛苦还款,现在欠款只剩九百多元。下月发工资后争取把房租交掉,另外有稿费收入可以支撑一阵子。等到八月的时候,我就应该经济正常了。还清卡贷之后,我决定无特殊情况不再用信用卡,平时身上也不再携带银行卡,只准备三百元左右现金应急。信用卡真的是个可怕的无底洞,再也不能这样了。我打算年底跟老板谈谈工资,看看能不能涨一点。

我这边房子很大,床也够用,只要你想来,随时都行。不过有一条,"五一""十一"这种大假能避开就避开吧(而且我国庆肯定要回家)。平平上次"五一"来,各处人满为患,纯属受罪。端午和中秋这种小假期还相对好些,你要能多请几天假,也算个小长假了。

这几天在看汪曾祺的散文,看到他选修闻一多的唐诗课,写了一篇关于李贺诗歌的学期作业,大受赞赏,其实归结下来就写了一点:别人写诗是在白底子上画画,李贺写诗是在黑底子上画画,所以色彩特别浓烈。对他笔下的西南联大无比向往。北大树有西南联大建校的碑,闻一多手书的篆字题头,冯友兰做的文,等你来一起去看。

最近还看《叶嘉莹说汉魏六朝诗》,觉得她讲得真好，开始喜欢曹丕了。现在很多东西无法看进去，反而觉得读诗读散文皆可理清心绪，很赞同叶嘉莹的一句话：学诗可以让人心不死。前些日子去印厂盯印，看完整本《朝花夕拾》，翻到《范爱农》一篇时，被鲁迅的某些小尖刻笑到捶桌，越发喜欢他了。

偶然看到《在路上》的一句话，大意是旅行并不像我们想象的那么美好，其实是有很多苦难的；但很奇怪的是，当我们完成这段旅行之后回想，印象最深刻的都是那些美好的记忆——就连当时的苦涩，后来想到时也有甜美的意味在。这句给我很大感触。汪曾祺记忆中的西南联大也是如此吧。

你有次曾说，如果我不喜欢某人，那人很可能也不喜欢我。这句话仔细想想，应该是对的。严格来讲，你并不是我喜欢的类型。可我们在一起学习生活好几年，一起经过了很多事，当年的冷战和矛盾并不少，但现在能想起的都是那些温暖的好事。长到这么大，我只给一个人写过这么多信，我只跟一个人有这么多话说。你说我到底喜不喜欢你？

PS："生活从来不是随便的事"，我要拿去作QQ签名。

2013-06-26

仙人球爱水　　　　　　　　　　　　　　**16:38**

亮亮最喜欢你的新作《杨树脸2号》。你的树叶画得真好，反正就是我喜欢的树叶该有的样子。

我最近最大的感悟就是：人生就是平淡，但平淡不是无味，有的人能品出其中的味道，有的人完全味觉麻木。借了柴静的《看见》来看，看了一中午都停不下来。我想，她是个有味觉的人，懂得珍惜细节，所以生活也珍惜她。

你如果还读到什么有趣的短小文章，记着把题目告诉我，我上课给学生看。我们学校高考居然考上了十个，把校长高兴坏了。确实考得不错，如果学生都怀有希望的话，一定会有更多人可以考上的。人的可悲在于坐以待毙，自我剥夺希望，然后慢慢等死，会这样做的人，以后的人生也很少会真正有希望。他们在最美好的时光，只学会了一样：否定自己。这真是一件很令人伤心的事。然后他们会循着父母的轨迹生活，人生就像是机械复制。人可以不聪明，可以不坚强，但不可以不相信。

2013-07-18

仙人球爱水　　　　　　　　　　　　　　　　**15:06**

汪曾祺确实是个可爱的家伙。我昨天预备给学生看他的《新校舍》，电脑不能用，没看成。这个年龄的人好像不太能理解汪的风格。我们高中的时候选的那篇汪的文章其实也不是最典型的汪的风格。我也是受了亮亮的影响才渐渐开始读他的，还有一点是出于虚荣心，因为我的语文老师说过我的风格有点像汪曾祺。老师去世了，我还在，却没有再写什么像样的东西。

污士奇　　　　　　　　　　　　　　　　　**20:49**

说起你和汪曾祺，我是觉得你们在聪明的方面有一点像。以前读研究生的时候，偶尔瞄过一眼你写的一个小说，好像名字是《故国三千里》。当时觉得不怎么样（当然我也没细看），就是咱们年少爱煽情的时候都会写的那些东西。但看你毕业论文，就是另一种感觉了，是散文化的写法，时时有好句子出来，很动人。另外，你写日常有感而发的东西，我觉得相当不错。

还有个建议，你妙语这么多，如果哪天想到一句，觉得可以形象化的，发给我瞧瞧。说不定我能画出画来。说不定咱俩以后还能一起做个绘本什么的，哪怕不能出版，自己给自己做一本小书，也是开心的。我是不是太功利了？你要是觉得不靠谱，就自动忽略我这个建议吧，只是突然想到的。

2013-07-19

仙人球爱水　　　　　　　　　　　　　　**13:17**

有个电影的名字叫《求求你，表扬我》，原来被表扬的感觉真的很棒啊，尤其是被不会撒花的表姐夸奖，太爽了。亮亮偷看了信的第一行，他嫉妒了，哈哈！我就更乐了。

至于你的建议，我觉得很好，也挺可行的。像我这种摆了个地摊就敢幻想成为托拉斯的人，怎么会觉得你功利？我只是觉得你做事太不功利了。没有一块肉在眼前垂着，人是容易消沉的，所以你看功利的人总是精力充沛、生龙活虎的。只要不急功近利，能有多功利，咱们就该有多功利。

你也知道，我是个懒人。总是以工作没稳定为托辞，除了备课上课看复习资料，也不做什么。你的建议很好，我细想一下，我觉得每天很忙，是因为太多时间花在睡觉上了。

你说得很对，我也觉得我好像更擅长写散文。前几天写了一篇小小说,写完觉得糟糕透了。我先写写散文吧。但我还是挺喜欢小说的,写小说的难度更大,如果碰到好的素材,还是想写写看。等我先练练手吧。

还有,我要做个好老师,学校居然就这样让我这个新手带高三了,我要定期把课上的问题总结出来,写出反思日记。有个学者提出一个公式:经验+反思=成长。现在我对这个公式深信不疑。

污士奇 **20:41**

我知道我画的画其实挺一般的,但每周有时间的时候,就想画一个,对心情还是大有好处的。另外,我跟你说我试译的事了吗?虽然能不能通过还没定论,但觉得也是一个努力的方向。如果以后能在编辑之外,做一个够格的翻译,也是很开心的一件事。

另外,我觉得创作这个东西,不能强求,忠于自己就好。宝,要坚持写作,我看好你!老师也好好做,你的职业比我的有意义多了。

2013-07-20

仙人球爱水 **16:45**

你说的翻译听起来很有趣。其实你一直对翻译有点兴趣的,以前就那么重视外文书的译文质量,这个职业听起来也很好玩。英文固然难,但我觉得中文好可能更重要,好像近代有个叫林纾的,不会外文但翻译了很多小说,胜在中文表达能力强。有一次我跟小五说,我要好好学英语,到时候出国旅行。小五说,不要把事情想复杂,即使你英语不好,只要想去,到了那里之后也一定能玩好,可以用一切方法和别人沟通的。所以,我想你一定没问题的。

不过,你怎么能这么评价自己的职业呢?我只可以给五十个人讲课,你的书却可以给无数孩子甚至成人看,只是方式不同而已。说到上课,最近剩下的学生都是对自己学业抱有希望的,所以上课氛围也好,早上我还没到教室,他们已经提早坐在那里扯着嗓子背古文了。所以我觉得,有希望的人,才会快乐。虽然人不一定要快乐，但又有几个人是心甘情愿选择痛苦的呢？

我现在觉得，世界上的好多职业都好有趣啊！我现在最向往木匠、化妆品研制、裁缝、园艺师什么的，可一旦实际要做，每个行业都有枯燥、寂寞的地方，也有给人以成就与自豪感的地方。

"庐山烟雨浙江潮，未到千般恨不消。到得原来无别事，庐山烟雨浙江潮。"最近看到苏轼这首诗，觉得人生无非这三阶段：看山是山，看山不是山，再到看山还是山。面对职业的时候，也是这样吧。就好比我们，好像总比身边的人开窍慢，但一旦开窍了，就能明白，也能放下。时间不重要，谁知道明天是不是只是个不存在的名词？

下面这几句话，是我从电脑里搜出来的，我也不知道算什么，诗不是诗、文也不文的。但奇怪的是，我确定这是我写的，不是我从别人那里下载的。可我觉得好陌生啊。我一直以为无论有什么想法，大脑都好好储存起来，原来根本不是这样的。当时如果没有写下，过后一定会忘得干干净净：

　　就是不想说话
　　我被自己紧闭

灵魂是自建的孤岛

生命是废弃的铁矿

2013-08-23

仙人球爱水　　　　　　　　　　　　　**12:15**

我最近看了《了不起的盖茨比》，原著没读过。电影情节看懂了，但看完以后，总觉得缺点什么，不明白盖茨比伟大在哪里。想了几天才明白，缺的部分是要靠自己对人生的思考来补充上的。盖茨比的伟大，在于对生活的美好幻想、热切期盼与踏实功利，他用热忱支持着生命，也丰富着生命。黛西只是他生命中偶然出现的一个人。必然的是，他一定会遇到他为之疯狂的爱人。每一个积极而踏实的理想主义者，都是地球上的一朵花。

2013-09-20

污士奇　　　　　　　　　　　　　　**23:42**

今天看了《了不起的盖茨比》。电影和小说我都不喜欢，电影太浮夸，小说太愤青。不过有一点我很赞同，就是你说的，盖茨比的伟大，在于他是一个积极而踏实的理想主义者。

之前看到一位友邻的广播，说：几个日本僧人耗费一生，在异域之境抄写了上千卷经文，以四艘船载回日本，但在怒涛中因沉船而使大批经文沉入海底。众人都说此行了无意义。但友邻说：其实不然，真经不在西天，而在路途；佛祖不是如来，而是自我。为信仰九死而不悔，哪怕存一线希望，即使做无望的努力也值得一生去拼。这是信仰之光，人要活得有点理想主义。有些事不需要知道结果和答案，热爱并曾为之努力，这就是最大的意义。

说得真好啊。

顺便说，承诺的画今天终于画毕，明天拍照片给你看。

　　PS：我总觉得，你能写出来的那些句子，我永远写不出来。如果有机会写歌词，你一定也会写得很好。

2013-09-22

仙人球爱水 18:14

宝,看到你的画了,画得真好!我从没想到你有生之年能画这么好,像是深沉版的几米。你"十一"一定要回来啊。

我的正式工作快定下来了,昨天电视里公示了。我忽然感觉无所事事了,得赶快调整一下子才好。

跑了趟上海去调档案,见到了于艳、宝玉和凤丽。小于依旧平静温和;宝玉依旧乐观踏实;凤丽依旧奋进,想辞去工作,自己出来单干。学校仍旧是那样,各色花开得很好,西部大操场重新修过。夹竹桃花开正当时,我们吃了韩国拌饭,味道依旧,学生来来往往,像在重复着谁的故事。

我最近停掉了二中的课,学生哭得稀里哗啦。想想也就罢了,人人都是孔乙己,让别人快乐,但没有他,日子也就照样过。我用这班学生填充了我的空档期,现在有了稳定工作弃他们而去,也不算好老师。

想想也就算了，人与人，能有一年相伴的缘分，也是修了多年的机缘，能一起笑过，也实在难得了。

污士奇　　　　　　　　　　　　　　　　**22:42**

周末的这张画，其实想了很长时间。这是我画得最复杂的一个画了，准备了很久，上上周的周日打了草稿，这周日花了一天来丰富细节，中间有些焦躁，差点放弃。好在坚持下来了，不然也听不到你的赞美了！

我喜欢你给我的信，里面常常有很好的东西。我记得你以前在上海，经常会说出很好的话，我记不得是什么了，但我永远记得听到那些话的感觉，就像闪电，让我见识到那种叫作"天赋"的东西。要写下你的所有灵感，不然太可惜了。也许我不能一一画出，但我会努力尝试。

宝，你不久就要有正式稳定的工作，也许压力会比较大，但一定要记得写下属于自己的东西。不要想你走后的事情了，你这样的老师古往今来都不多见，我已经跟无数个认识的人说，能做你的学生一定很幸福，哪怕是仅仅一年。我回想教过我的老师，能像你这样的，只有教过我高一语文的赵老师，我大概一辈子都忘不了她。平平曾跟我说起，她有位小学老师，长得有点像鲁迅，教给他们的，也都是一些跟别的老师不一样的东西，别的老师只是照本宣科，这位老师却有点传教士的气质。他只教过平平一两年，二三年级的时候，但平平直到现在都忘不了他。宝，你也是这样的人，我想你的学生今后很多年都不会忘记有这么一个特别的老师。不是我要故意夸你，做老师的人不少，有天赋且用心教学生的并不多。真正好的老师就是那么几个。

我想念上海，也感谢上海，没有她，我没法认识你。我突然很想谢谢命运。

2013-09-28

仙人球爱水   17:12

  这次的人员录用真是效率奇高，九月考的笔试，现在都开始上班了。我被分配在小学，现在还在教研室打杂——原来一个教研室，也有小事多多，繁杂琐碎。估计"十一"后开始代课。

  我最大的感受是小孩子声音好大，像有无穷生命力，真的能照出人的心魔来：烦躁的时候，听着是鬼吼；心情好的时候，听着又像是生命原始的力量。

  亮亮今天觅到一本《西游记》全本，岳麓书社出版的，才十五块。

  宝，谢谢你的鼓励，只是我现在刚开始适应新工作，且上网不方便，这一个月来生活密度颇大，心得却有限。不过，最高兴的事是可以见到你了。亮亮也是，那条问你回来的短信是他偷发的。我们最近每晚散步，昨天晚上看《中国好声音》，到了十点多居然都盹着了，真是完全老人家的作息时间。

最近跳着看了孙俪的《辣妈正传》，里面孙俪有一句台词："无论发生什么事，我只会让自己变得更好。"

我们都会越来越好的。

2013-10-23

污士奇   **11:29**

    你写的诗收到了，觉得文字可以再多琢磨一下的。

    另外，以你说过的某句话为主题的画也在构思中，究竟是哪句话，暂时保密。

    今天扭到了脚，在家休息，感冒喝药中，突然想到汪曾祺的"凭心所好，随遇而安"，觉得甚乐。

2013-10-24

仙人球爱水   **19:32**

我在大同培训，在赵宏家给你回信呢。

我也觉得我写的东西还有很大推敲的空间，但惰性加脑力有限，总是到了一个程度，想进步一点点都很艰难。不过有你的鞭策，我会多琢磨的，因为人生的乐趣就在于进一步，哪怕是进一小步。我们相互提意见和建议，希望大家都能成长，不要总是原地踏步。

现在想想，我的人生好像是从读研开始的，也是从遇见曹老师、遇见你开始的。否则，我也不知道会在哪里、会做什么、会不会快乐。

但现在我挺快乐的，因为知道想要什么、喜欢什么，所以以每天哪怕只做了一点，都很高兴，就像为自己储存了珍贵的财富一样。

昨天晚上和赵宏聊，人生最难是"顺势而为"。关键在于前后二字："顺"是难得的，不与自己作对，顺应生活，但关键是在这样的情况下，也不随波逐流，还能尽力而"为",就像苏东坡那样。古人的语感,真是神奇,你看这样一个词,说得多好。

2013-10-31

污士奇 23:17

看过《最佳出价》,非常喜欢。结局算是悲剧,但我并不难过。

因为我觉得拍卖师是个幸运的人。他在生命的末端收获了这辈子最值得回忆的东西,冒险、激情、柔情蜜意,为了心爱的女人抛弃一切。即便那女人的一切都是假的,但他从中获得的爱情滋味却是真的,永远值得希冀和怀念。

还觉得有些话想说却说不出来,看到一位友邻的影评,如此写道:"一个装在套子里的人,只有经历过这些他的生命才算完整,所以这才确实称得上最佳出价,这些成长同那些收藏相较,有什么能比一个年迈的老人补齐生命的缺失更加珍贵?"此言深得我心。

此片导演也是《西西里美丽传说》《海上钢琴师》

《天堂电影院》的导演。这片子真心不错,代我好好谢谢亮亮。

2013-11-07

污士奇 **20:59**

前一阵子看汪曾祺的散文,说到西南联大的《大一国文》,里面选了李清照的《金石录后序》,选文者别具只眼。这次去图书馆,正好碰到李清照的文集,广陵书社印的,全用宣纸,翻阅起来轻柔舒展。里面收了易安居士的所有词、两篇文、四首诗,还附了朱淑真的词。

原来以为很久不看古文,应该不适应了,没想到不到一周的时间,居然也在地铁上翻了一遍。对词的喜好没什么改变,过去喜欢哪几首,现在仍然只看着哪几首顺眼。即便是李清照,写的词也不是首首皆好。也许我看不上的那些,在当时的年代,配合曲子,也是绝调,但现在徒留文字,只能读读歌词了。

惊艳的是《金石录后序》和《词论》。我先看的《词论》,以前只知道有一句"别是一家",看了才知道这是个特别提神的吐槽帖,柳永、苏轼、欧阳修、秦观、黄庭坚，统统吐槽一遍，手起刀落，毫不留情，而且都在点子上，帅气啊！当时我看朱淑真的词看得都要睡着了，一换这个看，立马精神了。《金石录后序》是她写自己死了丈夫、经历战乱、苦心搜集的书画器物四散一空、穷困潦倒的时候，重阅丈夫赵明诚当年编纂《金石录》的感受。《金石录》里面记载的那些宝贝，都是他们夫妻俩当年所爱，节衣缩食费心搜集，共付一片痴心于此。然而生逢乱世，物是人非，彼时以为可以一辈子留住的伴侣和生活，瞬息间灰飞烟灭。往事历历，百感交集，都写在这篇后序里了。古人文章真是好啊！

今天立冬，买了稻香村的鸡肉香菇小馄饨回来煮吃。吃到第三碗的时候，拼命要捞起锅底的碎绉纱馄饨皮。忽然想起，我对馄饨的好感，多半在于绉纱一样的馄饨皮，薄薄的，口感像神仙的衣袂。我记得小学二三年级有次跟同学们出去玩，大家在路边馄饨摊吃饭，我当时没有零花钱，也并不怎么饿，就看着大家吃。一个胖胖的女生买了一大碗馄饨，问我要不要吃一点，我几乎想都没想就说，你吃完我喝点馄饨汤就好。我是真的喜欢馄饨汤胜过馄饨，因为汤里有馄饨皮，还很有味道。这件事后来不知怎么传到我妈耳朵里，她深觉对不住我，后来反复念叨这事，还经常主动给我零花钱，弄得我莫名其妙。

2013-11-10

仙人球爱水 **20:13**

听了你说的,我也想看看《金石录后序》。你对馄饨的感觉,写得真舒服,绵绵密密的味道。虽然我不爱吃馄饨,却爱吃一切薄皮,单吃皮就觉得很好。

我小时候一直爱闻羊肉串的味道。我妈觉得羊肉串不卫生,不让我吃,长大以后自己买来吃了,却没什么感觉。凡是能存在记忆里的,总是飘散不去的香味。

跑了这么多路,还是最喜欢在丽江的感觉。坐在秋千椅子上,听着飘过来的音乐,阳光有一搭没一搭地照进来,配着小水车划过水面的声音,好像一切都可以在当时结束、在当时停止;木头房子的四合院里,踏上去会响的木梯子,没被阳光照到的窗户;夜里穿着长裙走在石头路上,长长裙摆扫着石头,石头都发着银色的光;一家旅店里玫红的花探出头来,让人想象着一院子都是玫红的春色,颤颤巍巍立在枝头……

回想起来那么幽静,那么深长,可在人生的时光里也不过是短短一瞬,只是我们的记忆选择在哪里,哪里就是生命的栖息地。

遇到的人,不是从时间长短分亲疏。做过的事,也不是凭做过的频率分轻重。我们总会替自己找到爱和美好,哪怕她只是人生长河中的一粒沙,却能发出比金子还亮的光芒,与太阳争辉。

所以你觉得《最佳出价》里的拍卖师是值得的,我想他也这么认为。

2013-12-05

仙人球爱水   **20:47**

我们买了一套《汪曾祺全集》。亮亮居然买了一整套《蜡笔小新》！

宝，每当我疲乏丧失斗志，就异常想念你。

2013-12-07

污士奇　　　　　　　　　　　　　　**23:34**

过年回家我要去你家观摩一下这套全集，顺便嘲笑亮亮。

说起汪曾祺，我看过他写蔬菜的散文之后，一直念念不忘杨花小萝卜，其实就是咱们那儿的水萝卜，水红色的薄皮，生吃很不错。

这几天北京有卖，买来切成薄薄的半圆片，用醋、香油、盐、葱花还有少许白糖拌起来吃，非常爽口。已经吃了好几顿，现在还没吃腻。今晚还吃它。

我公司楼下餐厅的牛杂粉好吃，就是有点贵。我买了牛肚片（熟的）来煮江西米粉，放了黄豆酱和辣酱，又弄了点绿叶菜在里面，感觉不比餐厅的味道差。

宝，丧失斗志的时候，多吃点好的，好好睡一觉，一切都会好起来。

2014

这一年,仙人球爱水在工作的纠结与繁重中缓缓前行,同时在酝酿着一个新的生命;污士奇拔掉了频频起义的智齿,读了《张爱玲私语录》,第一次保存了与仙人球爱水的往来通信。

感情美是因为它像烟花,
要燃烧起来;
一旦彼此冷静,
计算起得失来,
就灰暗下来了。

——仙人球爱水

2014-02-15

污士奇 **21:38**

亲爱的宝,刚到北京,就遇到一桩变故。之前跟你说过的那位朋友,她骤然离京,实在让我难以接受。当天正是元宵节,我在回家路上远远看着烟花,心里凄凉得很。

下午去图书馆借了周作人的自编集。他的文章乍看不好读,看了几篇后,又颇有兴味,借了《风雨谈》等两本。不经意间看见《张爱玲私语录》,翻了几页,因为心境的原因,无法再看——越看越冷。张爱玲是个太彻底的悲观者,实在不能在伤心的时候看她的东西。

这个周末无情无绪。大姨妈来,感冒也来。什么都没做好。打算拔掉智齿,却约不到医生。吃了两顿胡萝卜山药小米粥。

2014-02-21

仙人球爱水　　　　　　　　　　　　**22:05**

宝，忙碌的新学期开始，我又改教三年级的语文了，真是成了万金油喽。

我记得第一个带我的文案师父走的时候，我也是好伤心，但是感情肯定没有你的深。后来我身边的人事稍有变动，我总会觉得不安，到这个学校也是这样。我们都是喜欢安定的人，喜欢熟悉的人际关系，这是再正常不过的。

真是幸运，遇到一个能让你喜也让你悲的人，人生终了，也无非一些零零碎碎的喜悲，没有这些，何以为人呢？

所以，我给现在的学生打气，每天做点事情就好，无非是几个生字、几段文字。我妈妈嫌我对学生苛刻，让他们每天写日记，她哪里知道，有的人写了两篇被我夸了，每天都写得不亦乐乎呢。可见每个人的感觉是全然不同的。她认为是苦役，别人却自得其乐。我倒觉得,那些逼着学生背作文、把范文誊抄在作文本上的老师,才是真正苛刻的人。我至少鼓励他们说人话呢。

今天我给一个很努力但有点害怕回答问题的女孩开小灶,提前给她机会准备一次发言,看她有些紧张地走回座位上。放学时,她给我一张纸条,写着:"老师,我爱您!"我相信她那一刻确实是喜欢我的。我想她就像你我,人生中都需要一些机会,需要别人的关注与鼓励,需要让我们脸红心跳的人。这个人走了,还会有下一个。爱总会来来去去。

至于智齿,一定要拔掉。拔牙没什么技术含量。你这个医院是不是太好了?换个病人少点的吧,我当时很快就拔了呀。不要拖延了,发现是令人兴奋的事情,等待犹疑却是令人耗神的。

翻滚吧,我的宝,一切都只会更好的。

2014-02-27

污士奇　　　　　　　　　　　　　　　　**17:53**

宝,经过一周,现在心情已经好了很多。临行前,我选了一个原创手工本送给这个朋友,用平平送的空白卡片画了祝福的小狐狸,还有一些真心话。希望多年以后,我们还能互相记得吧。

终于约到拔牙的医生,先拔去了一颗,就是最常起义的那颗。医生说另一颗得一个月后才能拔除。目前没什么大碍,估计麻药散去会很疼,该怎样就怎样吧。该拔的牙总要拔,该忘的人总要忘。

顺便说,给我拔牙的医生很帅,想起从前一位同学的罗曼史,开心得要笑起来。这两天,北京终于走出雾霾,我的心情也因此好了不少。

宝,也希望你一切安好。国庆回去跟你和亮亮一起吃鱼。

仙人球爱水　　　　　　　　　　　　　　**20:00**

　　我最近去了趟太原。查了耳朵，听力没下降。又做了一次全身体检，才知道我上面又长了一颗智齿，医生说应该不用拔，因为它藏得很深，不影响其他牙齿。现在有很多独立于医院的专门的体检中心，只做体检，我决定以后每年做一次体检。

　　你走了之后我想起来，我们今年怕是不能旅行了，因为我要准备怀孕了，这是现在最大的任务，我要赶快完成。

　　学校的工作比我想象的繁重多了，希望尽快适应吧。

2014-03-02

污士奇　　　　　　　　　　　　　　　　16:06

　　拔掉智齿第三天了。创口比较大,还缝了针。第一天没敢吃饭。第二天用吸管喝糊糊。第三天用右侧牙齿吃东西。我把前些日子煮的盐水黄豆冷冻了,不适合这几天吃。乔同学说鸡蛋是发物,最好也不吃,肉更加不能吃。这几天每天都吃南瓜小米粥和蒸熟的菠菜、生菜、苦菊什么的。还吃了三天阿莫西林,连撒尿都是青霉素的味儿。

　　恰逢周末,在家休息三天。每吃完一餐,必用盐水漱口,且小心刷牙。刷完之后继续拿盐水漱口。每隔两小时,必用迷你台灯对着镜子观察那个可怜的牙窝。今天突然发现牙窝的血块没了,各种担心,各种百度求解。

　　老妈给我打电话,我也不敢张大嘴巴说话。老妈说她当年一口气拔了满嘴的牙齿都没像我这么娇气。手中有两篇稿子碎催。周末跟上级通电话,说周一去了有很多新的工作要筹备……

不管怎样,我的牙齿赶紧好了吧。一个月之后,我还得去拔另一颗。怀念能正常吃饭的日子。

PS:拖延症犯了,稿子没写完,又刷了一遍粤语版的《一代宗师》,原来国语版不流畅的地方,粤语版都有所弥补。另外下了一个北美版的,张震对阵梁朝伟的戏份,都在这个版本里。共同之处是,不论哪个版本,都美爆了。

在影院看第一遍的时候,很多地方并不了然。比如"叶底藏花一度,梦里踏雪几回",比如"郎心自有一双脚,隔山隔海会归来",看第二遍,方才明白是什么意思。拍的东西看似零碎,放在一起却一点也不突兀,反而有一种奇特的相融感,让人觉得舒服又美好,有微痛的感觉却不过分。这就是王家卫呀。

2014-03-03

仙人球爱水   **19:53**

牙应该没事的，只要你按时吃消炎药，过几天就习惯了。一定要吃消炎药，到时候拆了线，再过一阵子就像从没有过这颗牙一样。我也又长了一颗智齿，很深，希望它平安吧。

污士奇   **20:37**

一定会平安。我决定以后餐餐吃完饭都刷牙，因为发现智齿旁边的磨牙也龋齿了，今后估计要花费很多银子在牙齿上。今天下班专门去了卖瓷器的路边摊，打算买个便宜杯子，放在公司作牙缸，结果挑选半天，杯子没买，倒买了两个插花的粗瓷瓶子。原来养在大瓶里的绿萝被我折磨得要死了，回来后剪掉烂根，插进新买的瓶子里去，希望它们能好好活着。

今年若不能去厦门和成都，就算了。毕竟宝宝更重要。暑假若有时间，可以来我这里住一阵子。我办了北京公园年卡，颐和园、植物园、动物园、北海公园什么的都能免票进入。估计我能陪你的时间多半是周末，但你可以跟亮亮再多逛逛上次没去的地方。我们一起去吃烤鸭和鲜芋仙。

2014-03-10

污士奇　　　　　　　　　　　　　　　**20:53**

该做的事情继续做，该吃的饭照旧吃。但本来觉得麻木了的事，忽然出现在眼前，像有一击闷棍打在心上。朋友走时送我一把伞，希望北京今年多雨，就能常用这伞了。

心情好些了，身体上的病也好得差不多，牙齿恢复得也不错，开始看《张爱玲私语录》了——里面收了张爱玲跟好友宋淇、邝文美夫妇的往来书信，还有宋氏夫妇记录下的张爱玲的一些妙语。看了她的书信，才发现她是个心中有很多温情、也容易满足的人，做人做事没那么悲观。说到底，如果她不爱生活，便不会那么喜欢服饰、食物，不会那么珍惜邝文美这个朋友，也不会写出那样好的小说。

这些年喜欢的这些作家，随着年龄渐长，有些人以前喜欢，现在不喜欢了，比如王安忆；有些人以前不喜欢，现在喜欢了，比如周作人；有些人以前就喜欢,现在更加喜欢了,比如张爱玲。张爱玲给邝文美的信中言语,有好些与我的心思相合,比如她有什么事想要找人说,心中的虚拟对象必然是邝文美,没有第二个人。想来,在北京这几年,我心里打着草稿想找人说说话,对象总是你。

上班路上,总会路过一棵落尽叶子的杨树,上面的种子骨朵颗颗,黑色的枝条映着白色或蓝色的天空背景,婉转柔媚,竟然比夏天树叶丰沛时更美。平平上次来北京,说北方的树姿态都更美些。之前在上海三四年,从来没有留意过树的姿态,到底南方的树、北方的树哪个更好看,实在无从比较。只是此刻看到这棵杨树,希望我老去的时候也能同它一样,即便树叶落尽,也依旧姿态横生。

2014-03-13

仙人球爱水   **20:00**

    亲爱的谢耳朵姐姐，我又感冒了，发烧。

    生病的时候，总觉得一切皆虚无，但好了后一定会奋发向上的。想着看看豆瓣，看你会不会给我写信。看到你絮絮叨叨的话语，觉得好多了。你的信，让我不寂寞，谢谢你。

2014-03-14

污士奇　　　　　　　　　　　　　　　**23:05**

周日要讲书，结果试讲糟糕，心情沮丧自不必说，还害怕把活动搞砸。一下午重整思绪，毫无心情，连带的苹果都忘记吃。

不过，试讲终究是件好事，让我明白缺陷在哪里。我记得论文答辩时，王老师曾说我长于描述"是什么、怎么样"，而不长于总结"为什么"。在《K》杂志时，组长说我提炼观点的能力不够。现在不管做什么，我仍然会在同样的思路中打转，从来都想不到那个"why"的意义，直到别人提起，才恍然大悟。中午抓住同事诉苦，同事安慰我不要纠结，人各有所长，这也算是一个成长的机会。

晚上加班，回家晚，老妈电话催催。我饿着肚子跟老妈聊了半天。一开始，心情不好，加之腹中空空，听了老妈唠叨，满心有火要发。后来听到老妈一边跟我说话一边逗小孩玩耍，如在目前，不由得火气全消。

老妈真是一个可爱至极的小老太太,年龄越大越觉如此。常常觉得她被埋没,明明人又好看,又有幽默感,还有表演的天赋,性格宽容豁达,却一辈子被家务和疾病套牢。可谁知道换一种人生又是如何呢?最起码她现在还有快乐。若有神明可以让我许愿,那我唯愿她跟老爸健康快乐。现在有两件事,可以让我的心情有效舒缓,一件是给你写信,一件是跟老妈通电话。

看《张爱玲私语录》,张回忆有一位高中同学,性格欢快活泼,可到十八岁那年,突然悟到人生无常,悲恸不能自已。说来惭愧,我年龄也不小了,也经过些离别,竟然还未觉悟人生无常的道理。有时候我会想:我算不算命运的自觉接受者呢?我总觉得,每件降临在我身上的事,每个来到我身边的人,都是馈赠;即便分离,也是为了让我更珍惜过去的时光。我大概还是阅历太浅,人生路途太顺畅,没有遭受过真正令人心碎绝望的事,所以能在这个年龄还保持乐观。这就是我的幸运吧。

宝,幸亏有你这样一个人听我讲话,不然我都不知该说给谁听。谢谢你。

PS:常常想起在上海的某夜,我困极了,听着陶喆的歌睡着,你帮我关掉电脑。真是幸福的时光。

2014-03-19

污士奇　　　　　　　　　　　　　　　**23:08**

下班后出来看见天边的火烧云，真是漂亮。虽然北京雾霾天气多，可只要是晴天，就多半有晚霞，在窗外左近，只是每天都来不及观赏，今天看到，才觉得好久没有看过天空。晚上跟同事吃了萨莉亚，重温金枪鱼披萨。

地铁上看周作人《雨天的书》，其中有一篇悼文，提到小林一茶纪念女儿的文章，说爱女谢世，母亲捧着女儿的脸大哭，"'到了此刻，虽然明知逝水不归，落花不再返枝，但无论怎样达观，终于难以断念的，正是这恩爱的羁绊。'……虽然是露水的世，然而自有露水的世的回忆，所以仍多哀感"。心里那块情感的负担，不论多重，如果随着空间和时间的相隔，如果能随着人一起离开，应当也是一件幸事吧。

这周六要去昌平的塔林徒步，我要带上本子和笔，打算开始写自然笔记。顺便说，《笔记大自然》是本不错的书,很好的自然笔记方法论。具体我不啰嗦,等写了自然笔记后拿给你看,你就会明白。

前几次写信给你,都是唠叨闲事,忘记问你感冒好些没有。细细碎碎的病,虽然不是大事,可加在一起也很难过,今年年头我遭遇了一回,深有体会。希望你已经好些了。

2014-03-21

仙人球爱水　　　　　　　　　　　**21:08**

　　我感冒已好，平平告诉我，遇到困难与低潮，只要有一份耐心和相信一切都会好起来的信心，生活终究会好起来的，所言非虚。

　　今天下午学校开了两个钟头大会，开到我头晕脑胀，吃完饭走在湖边，抬头望天，居然有星星三三两两在闪，顿时神清气爽。又看看深远的湖水，忘记了工作的琐碎，想起了那句"天空一无所有，为何给我安慰"。回家榨了两杯芒果汁，边喝边看你的信，觉得无论悲喜，实在是生有可恋。

　　亲爱的，晚安。那个《笔记大自然》到底怎么回事，记得给我再说说啊。

2014-03-23

污士奇　　　　　　　　　　　　　　　**10:39**

宝，昨天去爬山，很开心。春日来了，要开始锻炼了。

本来打算在山上做自然笔记，但因为是跟队走，所以没来得及。

《笔记大自然》我随后提炼精华给你。

想把咱俩的通信记录保存下来，想过好几次，一直懒惰所以没做。今天把所有通信复制下来，放在Word里面。咱俩2012年3月28日18:04开始通信，截止到2014年3月21日21:08，一共占用Word整整63页，写了48610个字。两年了！最开始是你给我写信，截止到最近的一封，还是你写给我的。今天看第一封信，想起要给你孩子做干妈的事，心里好温暖的。

PS：顺便说，妈妈很希望我一直陪着她，而且她不停地嫉妒你。这就是她反对我去你家的原因，每次都不希望我在你那儿待很久。

仙人球爱水 **20:45**

没想到,我们不知不觉写了一篇论文呢。

你妈妈真可爱,让我很有成就感。

嘿嘿,亮亮说咱俩有奸情,他要起义呢。

2014-03-30

污士奇　　　　　　　　　　　　　　　　　20:52

宝，一夜之间，树木尽绿，各种花跟约好了一样，都开了，就像做梦一样。不知咱们那边怎样。

从上周开始，打算每周写一篇自然日记。第一篇并不自然，因为周末没能出门，画了吃剩的小金橘，算是个开端。今天下午三点多，跟小伙伴去奥体森林公园，避开烈日在一棵刚冒芽的树下席地而坐，画了树坑里的紫花地丁（一种蓝紫色小花，有点像豌豆花的样子，但是纯粹的紫色，花瓣上的蓝紫色脉络非常漂亮），还画了结了榆钱的大榆树。我们近旁还有几树早开的榆叶梅，画画的时候，风总吹过来，总有花瓣雨。

再说说《笔记大自然》。这本书对于自然研究者应当很有助益，但在我看来，更是美好的生活方法论，比如，"画画能让你领会到更多的东西"，"我们最应珍惜的，是那些司空见惯的自然景物"，"写自然日记，是为了感受到你和周遭世界的关联","写自然日记,能让你的感觉变得敏锐,还是一张记忆光盘,日后可令你回味那些心旷神怡的时刻"……

写自然日记,也不用画得多好多像,旁边可以配上文字,比如时间、地点、天气以及动植物的名字,还有当时心情如何,想写什么就写上什么。我就觉得这个有点像你之前做过的相册簿子,但我觉得手绘跟照相还是有所不同。照相很快,手绘有点慢,但有更多观察和思考的空间,跟自然更加亲近。这是照相做不到的。多年之后,翻开这本自然日记,当时情景心境,随笔触所及,历历在目,是多么好的一件事。

今日翻完《张爱玲私语录》,看到张爱玲说,祖父的诗句里,她只喜欢"秋色无南北,人心自浅深",这句的后半句,我并不大懂,但很喜欢。前些日子查资料,看到"人世多聚散,山水有相逢",其实是两句俗语,并在一起,也很动人。

我不敢指望今后的日子有多么安逸顺利,但愿能像帝都的天气,雾霾过后有晴天,年年今日能看花,就好了。

2014-03-31

仙人球爱水   **20:13**

今天从南湖去小耳沟，杏花、樱花什么的开了一路，我却无精打采，想起那句"年年不带看花眼，不是愁中即病中"。可是看着那些轻盈透明的雪白，心里还是一阵骚动。

世界这么美好，湖水这么宽广，为什么我的心里却只能容下那些鸡毛蒜皮的小破事？学生月考砸了，又一次垫底了，真是令人扫兴。可这又算得了什么？

果然是自恋过分，老怕别人会小瞧自己，什么时候把这些抛诸脑后呢？人生真是漫长修行。

2014-04-05

污士奇 **11:48**

你知道我是个笨口拙舌的人,并不会安慰人。又或者,经常说一些安慰人的话,却听起来很生硬,好像言不由衷。其实并不是这样。看到你难过伤心,我想为你分担,却常常不知该说什么好。跟你在一起的时候,我可以给你拥抱;不在你身边的时候,我只想说:无论你说什么,我都愿意听你说。因为我爱你。

送你一件礼物,一幅给你的画,见 QQ 邮箱。

2014-04-08

仙人球爱水 19:20

最近一直在看《红楼梦》,不知为什么,反复读,一直能读进去。"叹人间,美中不足今方信",今天看到这句,深有感触,怪不得说"人生识字忧患始"。

宝,我好喜欢你画的我,你没有美化我,却画出了我的美。有你作参照,才发现人生是有不同的。谢谢你送我的礼物,爱你。

2014-04-16

仙人球爱水　　　　　　　　　　　　**19:06**

我正在紧张地准备期中考试,最近心态有一些调整,希望会有变化。我觉得,一静不如一动,还有,看看别人的,有益于自己进步。总的来说就是,多开眼界多行动,有益身心。

我前阵子有些贫血,最近又吃枣又喝阿胶口服液,感觉体力好许多,吃好,精神就好。

身体和内心是相互影响的,两样都好,生活才会好。话说那棵榆钱树真是你画的?不可思议!

污士奇　　　　　　　　　　　　　　**20:30**

我最近每天吃枣,保持在十一点前上床睡觉。妈妈叮嘱我多吃牛羊肉,少吃鸡肉猪肉。她说现在的喂养饲料里面多半有激素,牛不知道是不是饲料喂养的,但羊还是放养的居多,可以多吃。

我这儿附近有个稻香村,卖新鲜煮的羊头肉,也不算贵。我买了些来,片成薄片,下在滚水里。羊头肉有羊油和胶原蛋白什么的,没几分钟就煮出奶白色的汤来,这时候再把细细的素面(这种面挂汤,容易入味)下在锅里,配上些菠菜,放些椒盐。面熟出锅后,撒点葱花,一点点白胡椒,不用放香油,就是喷香的一碗羊汤面。如果想汤味再浓厚些,就加一小勺味噌酱。不比咱们在苏州吃的羊肉面差多少。我原以为,苏州的那个面的汤头可能有讲究,自己做了一回,发现羊肉羊油本来就是增味的东西。

吃完面后,吃几个小杨花萝卜,外加两根小黄瓜,消食又清口。

老妈听我说了这个羊汤面的事情,心情好转了很多。

那个榆钱树当然是我画的!我上周还玩墙壁涂鸦了,好玩!最近工作挺累,但心情不错。你说得不错,一静不如一动,多开眼界多行动,有益身心。爱你。

2014-06-08

污士奇   **13:05**

    亲爱的宝，好久没写信给你了。最近工作任务多，安排上有点混乱，又出了几次故障，心里难免后怕，做事越发紧张谨慎了。晚上回家什么都不想做，只想休闲娱乐，为了追星看了很多没脑的烂片，自己也觉得无趣。

    有点无法控制生活的节奏。晚上贪看影片，常常晚睡，早上又得照常起床，结果一天提不起精神来，这样恶性循环了有一段时间。有时候做梦，也会梦到工作上出的故障。还有些讨厌的事，一上班就又翻腾起来。

    最近周末几乎足不出户，在家就是做饭、睡觉、看片，心里空落落的，没谱。昨日一口气临完了葛饰北斋的《章鱼与海女》，才觉得有些意思，只是画功没有长进，字也不好，全靠原作的意思撑着，国庆带回去给你，你和亮亮凑合看吧。早先写的故事也中途断掉,至今没有拾起。每日徒然工作,自身却没有进益,心境越来越荒凉,想想都惊心。

虽然牢骚发了一些,但该怎样还是要怎样。生活还得继续,唯有努力工作。

PS:觉得《笔记大自然》实在是非常热血的一本书,之前有做笔记,但要记的东西太多,想想不如买一本,做常备的工具书用。也给你买了一本,回家给你。

2014-06-29

仙人球爱水 **22:36**

我们期末考试完毕,下月五号放暑假,很努力教了许久,却仍旧不见起色,觉得真对不起家长们。

昨天和今天在南湖边散了好久的步,始终有些不能释然,但如果"十一"可以见到你和葛饰北斋,我心里会平衡些。已经这么失败了,下学期只会更好,等我成功的消息吧。

抱抱,晚安。

2014-10-18

污士奇 14:41

亲爱的宝,很久没写信给你了。

上周日又把旧画临了一次,觉得没有最初的那幅好。因为是同样的画,新鲜感已经失去,未免毛躁许多。不管怎样,总算完成了,希望你跟亮亮能喜欢。另外,看到一幅画猫头鹰的浮世绘,很有意思,估摸了一下,画起来也应该不很费劲,心里痒痒,想临一下看看。要是能在年前临好,就过年一起带给你。

我今年去不了台湾了,因为通行证要到明年才有可能办下来。黄山这几天太冷,所以这个计划也取消了。跟平平商量了一下,改去了厦门。平平很激动,各种谋划做攻略。我也很想去那边看看,已经定下了往返的机票,下月15日去,22日返回。想想看,去厦门一周,连同路费,花费应该也不小,如果再去台湾,我一定又要经济危机了。

前几天看了一篇文章,叫作《人被职业固化每天做重复性劳动,感觉很可怕怎么办?》,里面说到一个大叔,在地下仓库装货、推车,日复一日做这样机械的工作。有个学生以此为作文题,主旨是如果不好好学习,以后就会像这个人一样。很多人都会这么想,我也常这么想。但是那个语文老师的回应让我印象很深:"同学们,没有什么是理所当然的。没有人就该天生卑贱,也没有人就应该像他一样活得那么辛苦。他做仓库保管已经快五年了,每天就是重复装货、推车,与阴暗打交道。晚上就睡在斜坡上。可是,这就应该被瞧不起吗?"

我想起跟你在南湖公园的对话。我就是那个自大的学生,你就是那个语文老师。我现在的心,是有多漠然啊。

周末愉快!永远爱你!

2014-10-21

仙人球爱水 **20:06**

亲爱的宝,你还真能美化我,我最近在无可救药地追刘诗诗和彭于晏演的《风中奇缘》呢,你说我是多缺爱呢,呜呜呜!

其实,每个人都有自己喜欢走的路,我常常以自己的路或价值观为正途,总是鄙视别人,可是谁比谁高尚呢?我们投胎好点,念了些书,有份听着过得去的工作;可是如果生在贫穷农家,从来未见过天地,也不过是在家刷锅洗碗打麻将自得其乐。说到底,有几个人会像周星驰那般坚持呢?

人生最最平凡不过,没有人是带着光过每一天的——没什么,每天买支烟火,自娱自乐一下,一天也就过去了。就像旅行也是很平淡的,但也许就是那么一池摇曳的荷花,就让我们觉得不虚此行,而且每当回顾平淡人生,那荷花总是会立在那里,从不枯萎。

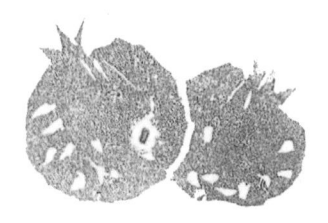

2015

这一年，仙人球爱水顺利生下菠萝小朋友，多了一个母亲的身份；污士奇在农夫市集做周末志愿者，开始了断断续续的健身和长跑。

我的人生确实没有什么大问题——
大问题无论对谁来说，都挺难解决的，
但我总会被琐事打败。

——仙人球爱水

2015-04-18

污士奇 **22:42**

看到亮亮拍的照片里,大肚子的你站在花下,才想起好久没给你写信了。

年后回来,各种事情堆在一起,身心疲累,除了偶尔画画,万事皆无兴趣。屡次要给你写信,总是以各种原因拖延。直到这周又看见大肚子的你。

我常常想起,我们在学校时,饭后一坐好久,聊天;这还不算,起身后还要到操场上走走,又是一个多小时,还是聊天。一般来说是你话多,我话少,可我就是乐意听那么久。我们在一起那么久,我也有厌烦你讲话的时候,但大部分时候,我都喜欢听你讲话。因为你说的那些我喜欢。你是个很奇怪的人,虽然自认为是悲观主义者,传达出来的却大多是新鲜有趣的正能量。现在想想,你虽然有时过于犀利,尖酸刻薄,但绝不是一个自私的人。你一直是个聪敏有趣的人。我多么想自己也是这样的一个人。

算起来，你在七八月就要生产了，在家要好吃好喝好好休息。你会是个很可爱的母亲，亮亮会是个很有爱的父亲，你们会生一个很可爱的小孩。

关于小孩，我平均每周都给家里打电话问平安，每次都能听到姐姐的小儿子的声音。小家伙被过分宠溺，我曾因此狠狠发过一次脾气，因此他一般不敢找我的麻烦。不过，看到这样一个活泼的新生命，觉得自己好像也快乐很多。这大概就是小孩子的魔力，让大家都心生欢喜的原因吧。虽然我并不打算生养小孩，却不能否认孩子的可爱和奇迹般的生命力。

国庆就能回去看你和宝宝啦，有什么想吃的，可以提前知会我，我带去给你。

2015-04-19

仙人球爱水   **21:21**

    昨天我和亮亮去何仙姑吃火锅。我现在恢复了胃口，一切都吃得津津有味，连附赠的虾片也觉得很香，还喝了许多乌梅汤。吃完饭淋着雨去南湖看桃花。有一个叫"桃源"的地方，种满了桃花，还有些许樱花和丁香点缀，沿着一条溪水走下去，春色好像无边的样子。

    以前我是努力工作，顺便做其他的事；现在是休息怀孕，工作和其他的事反倒成了顺便的事。奇怪的是，我的教学成绩从倒一变成了第二，连自己都不太相信。后来想想，其实工作的时间本来就没有减少，只是心情轻松了，更能抓住重点，不再纠缠那些细枝末节，所以我的菠萝（我给孩子取的小名）无意中替我解决了一个大问题。

    等你十月回来的时候，菠萝应该就满月了。我最近吃了许多菠萝，希望宝宝以后脸皮厚点，别那么在意面子和外在,像小新那样贱贱的就好。哈哈,天天教育别人的小孩要努力考满分,到自己这里就是这个标准。

我最近学着分辨桃花、樱花和红叶李,觉得自己对于大自然的了解好贫乏啊,各种树啊花的几乎都是傻傻分不清楚——唉,小孩那么早学会加减乘除小数有什么意义呢?我好想有一套方法,可以让小孩不用做作业,也不用学那许多枯燥的知识,让他们从弱智电视节目和电脑游戏中跳出来,去看看这个活生生的世界。

我要去睡觉了,你也晚安吧。我最近看《呼兰河传》,觉得萧红的文笔真好,写到祖父园子的时候,特别舒服。不知道为什么,老让我想到我们吃草头的日子,那么自然,那么轻松。

"花开了,就像花睡醒了似的。鸟飞了,就像鸟上天了似的。虫子叫了,就像虫子在说话似的。一切都活了。都有无限的本领,要做什么,就做什么。要怎么样,就怎么样。都是自由的。倭瓜愿意爬上架就爬上架,愿意爬上房就爬上房。黄瓜愿意开一个谎花,就开一个谎花,愿意结一个黄瓜,就结一个黄瓜。若都不愿意,就是一个黄瓜也不结,一朵花也不开,也没有人问它似的。"

晚安。

2015-06-28

污士奇　　　　　　　　　　　　　　15:13

　　最近很懒,不愿意做事情。好不容易画了一个袋子,就是我昨天给你看的那个。晚上回来比较累,只想追剧。最近在看的《超感猎杀》,亮亮应该也喜欢。《极品基老伴》上了第二季,但是没第一季笑果好。《花千骨》原本是我根本不看的仙侠一类,结果吃饭看了两集,故事还挺好,就决定追了。结果,深夜追剧当然是要以睡眠不足为代价的,第二天一整天精神不好。

　　好在还能督促自己出去,跟大自然亲近亲近。虽然周一到周五时间很紧,但周六和周日我必然要去最近的公园跑步,一次大概能跑两公里——虽然不多,但对我来说已经是极限了。另外还做仰卧起坐、臂力训练。跑完步后,精神状况立刻就有好转,比单纯的徒步效果要好很多。仰卧起坐和臂力训练,对我的腰背、颈椎疲劳都有改善。以前在上海,看见你经常健身、练瑜伽,我还不以为然,现在我才有体会,健身确实能改善精神状态,可见心理是有多么依赖生理,唯物主义就这么被无情地证明。

我这阵子还参加了农夫市集,做志愿者。这个市集上的东西都是来自京郊的农民(其实都是富农,家里没啥负担,自己种菜养蜂,开面包房,自娱自乐),绿色有机的,无农药无化肥,是同类食品市价的三倍多。不过,这里卖的食物味道确实不错,我吃过其中一个番茄摊上的小番茄,那个味道又酸又甜,跟普通菜市场卖的完全不是一个等级的体验——其实我老爸在家种的不就是这样的味道嘛?那会儿不觉得有什么,现在才觉得宝贵。我就在这么一个市集上做志愿者,为卖主照看一个有机苹果摊。这种苹果来自山东烟台的绿色农庄,只有三亩,味道比普通超市苹果要好很多,但我觉得咱们那儿的本地果子味道并不比这个差,只可惜没有走出本地市场。据市集老板说,这个苹果摊的销量原本并不好,我来之后销量变好了!我竟然是个不错的售货员!虽然面对账目经常会犯糊涂,但大概在亲和力的方面很占优势。我隔壁卖藏式酸奶的青海小伙子说,哇,你来了之后居然卖了这么多苹果,她们之前卖的还没有你卖的一半多。于是,我发现了自己的潜在职业:也许以后出版业崩溃,我还可以做售货员。

2015-06-29

污士奇　　　　　　　　　　　　　　　**10:44**

宝,我看了你写来的《爱取名字的老婆婆》的导读文章,感动到流泪。"害怕衰老,不如创造美好;害怕失去,不如珍惜现在;害怕孤独,不如敞开怀抱。"

长发蓬松的赫敏,爱你!

仙人球爱水　　　　　　　　　　　　**18:20**

亲爱的表姐,你现在还在参加那个农夫市集吗?好想到时候去看看。我最近快放暑假了——居然坚持到了放假,我自己还挺意外的,而且同事都说我皮肤变好了呢。你说的亲近自然我深有体会,亮亮昨天和前天心血来潮带我去钓鱼,不是在南湖边,是去那条东流的漳河。我一开始不准备去的,因为要下一个很高的台阶,穿过一个高低不平的小小的杂乱的林子,我怕会伤到菠萝,我的肚子现在完完全全是个大大西瓜。不过，还是男人比较粗线条，我居然被亮亮怂恿下去了。

亮亮鱼线鱼饵的折腾了半天，发现没带鱼漂，就用细树枝替代了，还一本正经在河边钓了起来，真把自己当姜太公了。他说我们钓到一条鱼就回去，我心想太阳下山都回不了家了。结果他十分钟就钓上条小鱼来，我当时就傻眼了，后来就拿到小耳沟，给我妈妈养在了盆里。

第二天上午我们又去钓鱼。他钓鱼，我在小林子里，树呀草呀东看西看，不知不觉就消磨了一个小时。其实那片小林子完全没人打理，亮亮还踩到一脚牛粪。这里和南湖齐整开阔的感觉不同，一切简简单单，野蛮生长，也没有什么丰富的植物。阳光透过来，我踩着脚底下的树枝树叶，河对岸那些一层层乱长的草，很多白色的蝴蝶扑在白色的小花上，河里突然跳出的一条鱼，有趣极了。

2015-06-30

污士奇   **12:04**

虽然我每周末去跑步，但跑步的过程是有点痛苦的，因为是为了身体健康而要坚持，有完成任务的性质，而且我的脚脖子扭过多次，跑的过程中特别要小心脚下。反而是坚持完了那两公里，终于可以放松下来散步休息的时候，才能闲适地看看四周的大自然。这个时候，满心都是解决任务的轻松感，随便看两眼都会有点意想不到的小收获，比如贱兮兮的喜鹊什么的。

北京有两样鸟特别多，一样是肥嘟嘟的乌鸦，一样是肥嘟嘟的喜鹊。我经常看见羽毛乌黑油亮的喜鹊独自走在树丛边的小石子路上，悠闲得来，我看它，它毫无所谓地回看过来，贱兮兮地踱着肥嘟嘟的步子，扭啊扭地走掉了。喜鹊在林地比较多，倒是乌鸦，特别喜欢在人烟稠密的地方，有次我冒雪去电影资料馆看片子，听见头顶一阵哇哇的聒噪声，抬头一看，我头顶高高的高压电线上，密密麻麻地落满了乌鸦，前后都看不到头，四周飘洒着鹅毛大雪，就跟出来打群架似的。

有次跑步路过一个亭子，上面是玻璃顶棚，外面挨着湖边。我进亭子休息一下，结果刚进去就开始落大雨。妙的是，西边的太阳还没落，正在半山，斜照着这边湖面，然后就是一场纷纷的金色太阳雨，湖面上生出各种金色小水花，非常漂亮，一群人顾不得淋雨，出去拍照。我带了手机，却不想拍照。很多拍过的照片，存在电脑里许多日子，也不见得回头去看。倒是没拍过的景色，有些存在心里，时时能想起来。去百花山，我也没带相机，一是怕摔坏，二是不想被相机绑架。拍照这种事，贪念也很强的，一心要拍下所有美景，结果自己却没顾上享受美景，实在是划不来。

想起陈意涵每到一个地方，就必然要留一张倒立的照片。我觉得到某地留个影，是挺好的一件事，记录下自己当时的心情和模样，于是就请人帮我用手机拍了一张在百花山草甸的照片。正面照拍了两三张，都不好看，反而是一张我背面行走的挺好，虽然没露脸，却觉得很不错。不管正面还是背面，我的粗小腿在，我的毛绒绒的麻花辫在，我的没曲线的硬身板儿在，我那个宽松随意的邋遢样子在。除了我，谁还能有这个样子?

农夫市集一直都会有的,只要是周六周日就可以随时去逛。虽然东西都不便宜,但是有各种免费试吃。帝都太热,我这阵子不打算去做志愿者了,等秋凉之后再去。最近一阵子打算周末参加短线旅游,多去看看大自然。

2015-07-21

污士奇 **21:25**

宝,刚才突然看了一个《小王子》的帖子,其实就是几个动画图,下面配了《小王子》里面的语句。动画没什么,语句打动我。我第一次买《小王子》是在大学,买来后翻过,并不觉得怎样。后来在上海的大众书局,跟你和亮亮一起,又买过一版《小王子》,也有粗粗翻过几页,照旧没有感觉。这次重逢,再看那些句子,原来那些觉得没意思的话,就像酸涩的青橄榄,带给我很多酸涩的味道。

张颐武说:"如果不去遍历世界,我们就不知道什么是我们精神和情感的寄托;但我们一旦遍历了世界,却发现我们再也无法回到那美好的地方去了。当我们开始寻求,我们就已经失去,而我们不开始寻求,我们就根本无法知道自己身边的一切是如此可贵。"

我打算重新看一下《小王子》。

2015-07-22

仙人球爱水　　　　　　　　　　　　**09:54**

　　大学修双学位时有一位教文艺理论的老师,虽然只是本科毕业,还总是笑话我们不学无术,但他是真的认真给我们讲课。记得他讲过读《红楼梦》的经历,很多次都是没读几页就弃读了,后来有一次突然就看进去了。所以他说读书主要看缘分,心情不对,阅历不够,时机不对,都是不行的。

2015-08-29

污士奇 **22:40**

看到亮亮的微信,知道你千辛万苦产下菠萝小公主。我想,你现在怀里抱着菠萝,心里一定非常爱她。

宝,之前跟你提及的工作中的种种,如今已深深地扰乱了我的生活。

年初曾看到云南大理一则招聘华德福教师的启事。当时正值北京地铁人流爆满、空气污染指数爆表之时,每日的排队和口罩,让我几乎对生活失去信心。突然出现云南的这则启事,几乎让我要鼓起勇气去投一个简历了。

但是想想,在北京,还有很多的出版公司,有很多的学习机会,有很多优秀的出版人我都没见过。如果换一个城市,万一不能适应,就几乎没有转圜的余地。可是,如果我毫无改变,那我的人生又会定格在一个地方。

吃完晚饭回到家,在楼下仰望着我们的房间,不禁想到，如果我真的离开北京，也许再也遇不到乔同学这样一个合宜的室友，也许再也找不到这样可爱的小窝。虽然并不喜欢北京，可一旦面临抉择，却有种种的割舍不下。有了要跑路的念头，地铁上打盹的时候，会不经意想起我骄傲而可爱的搭档蘑菇和软饭，我狡猾而可爱的同桌摩耶，我呆萌而可爱的美术组长炜炜，还有北鼻和闹闹……我跑路之后，不知还能否遇到这样有趣的同事了。我想我对北京还没到厌倦的时候。

祝你和菠萝平安。代我亲亲菠萝。中秋见。

2015-11-30

仙人球爱水   **18:19**

    宝，好久没有上豆瓣，才看到你的邮件，离你写这封信的时间又相隔了许久。看了信很羡慕你，你所写的不舍正是你的收获，虽然它们不是存款条，但却一样值得保存。生活总有可取之处，只要你懂得欣赏，总能遇到投契的人、赏心的事。当然，只要你在意，也还是会有抓狂的时候。

    我们都是些保守的人，与其说是留恋现在，不如说是害怕未来与改变。其实，宁可一思进，莫在一思停，与其说我们应该大胆些，倒不如说我们应该放松些，对你而言尤其是。

    不要把事情想得太重大，对大部分人而言，只是换个工作而已。事实上，就是换个工作而已。

2016

这一年,仙人球爱水产后返岗教书,养育菠萝,全年无休……自觉常常被琐事打败;污士奇厌倦了原来的公司,跳槽后压力过大,得了胃病……从此不愿再被工作裹挟。

我们从让自己讨厌和痛苦的人身上习得的最多,这就是人生的可气之处。

——仙人球爱水

2016-01-05

污士奇   **11:17**

昨天从清迈归来，忙到凌晨两点才睡，本来很在意请假的事（因为要扣钱），但临睡前想想，为什么不任性一次呢？于是，就睡到了今天十点钟才起床。

去清迈是一时冲动的旅行，因为今年让人心累的事情太多。清迈也没有想象的那样好，是一个再正常不过的东南亚小城，但确确实实也收获了惊喜。

其实并不打算穷游的，结果因为对路程的估计错误，徒步到半死，意外在路上搭了一辆货车才上了山（我和平平就坐在车斗里）；本来是想去休养闲逛的，却意外地骑了大象（这要拜平平所赐，她坚持要参加大象营）；对佛国没有什么期待的，却意外发现那里的小寺庙特别静谧平和，任人随意进入，求神许愿也如平淡日常一般自然随性，跟国内庙宇的氛围简直是天差地别，我在困累的一日下午，竟然歪在某小庙的椅子上睡着了。从前并不能完全明白"澄思涤虑"的感受，但到了清迈的小佛堂，却有点明白了。还有，原来对自己的英文非常没信心，结果出去一次，发现这么烂的口语居然也可以在国外正常待着。

我和平平一起的旅程，因为我的性格过于强硬，有些令人遗憾的地方，但总的来说无损这次出游。回想起我和你一起生活的日子，以我的坏脾气，你一定妥协很多，只是我自己并不觉得。怀念跟你和亮亮一起旅行的日子。

今年并不是特别忙，只是工作环境的变化、心境的变化，我的生活也变得浮躁难忍。房东要出售房子，我和乔同学又得重新租房，也是一件需要费心的事。不过，现在的房子虽然难以割舍，但找到新的住所，或许也是一个新的开始吧。

我计划年后房子找好之后就辞职，休息一到两个月，把之前想要做的事情做一做，尝试一下人生的多种可能。如果经济充足，还想再趁此机会旅行一次，敦煌或者长白山。另外，如果未来五年没有什么特别的转变，我想五年后离开北京，转去南方。年轻时曾经有很多想法，想过做老师，想过做配音演员，后来有的因为不适合，有的因为不可能，都慢慢放弃了。有的机会却是纯属撞到，意外发现原来是适合的，比如做编辑。不过，当初那个"找一个工作换一个城市"的不靠谱的想法，倒一直还在我的希冀中活着。如今没有那么豪气，但也希望多经历几处的生活，多认识一些特别的朋友。既然身边没有贴心的暖男亮亮，也没有可爱的宝贝菠萝，那就放纵一下孤独又任性的自己吧。

2016-03-14

污士奇   **23:12**

最近很多事情堆在一起，从家里回来，竟然没有一日闲着。

先是扭了腰，每日小心翼翼看护老腰，后来又频繁跑了几次医院做推拿、做核磁，发现竟然有轻度的腰椎间盘突出。看看自己已经退化、失去水分的最末两节腰椎间盘，突然感觉到了年纪——我以前是从来不拿年纪当回事的，总觉得即便是身体会老，有颗年轻的心就好。可是扭腰之后，却不这么觉得了，身体的活力会影响精神的活力，精神的活力会影响灵魂的活力。我以后再也不能随心所欲地使用自己的老腰了。

我今年三十四岁了，想想我们在上海，蜗居在昏暗小宿舍的日子，竟然已经相隔八九年，时间原来过得这么快。我穿过的衣服，都如蝉蜕一般蜕去好多层，一件一件地跟我永别，有的被回收，有的被赠送，我自己又怎么可能不老呢？年轻是多么令人歆羡，可如果让我选择，我还是更喜欢现在的自己。有些东西，年轻的时候给不了我，而这些东西恰恰是我现在最宝贝的。

腰伤未愈，接踵而来的是搬家。房东本答应给我们至少一个月的时间找房子，结果临时变卦，只给不到一周的时间。我和乔同学破罐子破摔，抱着"找到就搬，找不到就不搬，看你能把我怎样"的心态，居然在看房子的第一天就定下了房子。房子还是宽敞的大两居，只是租金涨了许多，乔同学的父母常来，常常一住就是大半年，所以她负担多一些。这间屋跟原来的面积差不多，略旧些，但双卧朝阳，比原来的房子明亮温暖许多。我在窗台上养了许多绿色的植物，其中一棵水培的万寿菊居然要开出红色的小花了，真是意外之喜。小区比较新，楼层不高，间距挺大，抬头可看到开阔的蓝天。早上醒来，看见晨光，心里很是喜悦。小区里草木不少，还有一个很大的活动广场，我在那里散步时，常常遇见一只严肃的萨摩耶。虽然租金贵一些，但在年后找房子的汹涌人潮中，我们还真是撞了大运。

搬家之后种种琐碎，直到上周末才闲下来。看了《美人鱼》，只觉得星爷老了，看似过火癫狂，其实只是勉力支撑。江郎才尽的苦涩，美人迟暮的伤感，大概是老港片迷近几年特别的体会。星爷的辉煌，徐老爷的辉煌，杜 Sir 的辉煌，连同香港电影的辉煌，那些肆无忌惮的挥洒，那些一往无前的豪情，是真的一去不返了。

我计划在五月辞职，然后用半个月的时间来旅行，再用两个月的时间做一些有意思的、从未尝试过的、但不会很累的兼职。在这些时间的空闲里，我想把拖延已久的故事写完。虽然腰老了一点，但我还很年轻，很想试试看未知的东西，权当是一个职业生涯的调剂。在帝都生活，虽然常常感到疲累，但也有更多的机会等在那里，可以一一去尝试。我并非不羡慕轻松的工作和生活，年纪略长后更加觉得如此，可人生哪有十全十美的呢？选了一样就没有另一样。

周日去了奥森公园，各色的花骨朵已经撑得鼓鼓囊囊，一副等不及要开的样子，想起"年年有今日，岁岁有今朝"的句子，想着过两日就有繁花盛开，觉得开心。我的厚衣服都洗好收起来了，我等着穿我爱的春衣。帝都的春天是很短，可那又怎样呢？

宝，也许我们看不到未来，也许将来会有很多苦楚，可我相信会有更多人、更多事值得我们去付出爱和努力。生活就是这样吧。

2016-03-15

仙人球爱水　　　　　　　　　　　　**17:46**

读了你非常热血的信，我突然有些扫兴，觉得生活如一潭死水，唯一的微澜就是菠萝偶尔的变化，比如会抓了、会站了、长牙了之类。

亮亮今年转正了，但是工作地点更远了，每天早上走，傍晚才回来，照看菠萝的工作变得艰巨起来。好在我这学期教学任务暂时没有那么重。慧慧和她可爱的女儿小葵也回来住了，我们家成了一个小型幼儿园，十分欢乐。

大学看电影《黑骏马》，老师说更多女人的人生是个周而复始的圈，我最近老是想到这句话。面对生活，我有太多的束手无策，好像成了死循环，没有缺口。我想我有点中年危机了，真是作呢。

谢谢你及时给我写了这封信，让我警醒。放心吧，我也没有那么悲观，我会好好调整一下的，一切都会好的。

难得今天有空写这些字给你,真是偷得浮生半日闲了。想起我们在操场上背诗的日子,基本上背的都忘光了,印象最深的居然是"人生有酒须当醉,一滴何曾到九泉"。

暂时不说了,希望早日去你的新家看看那些植物。

2016-03-20

仙人球爱水　　　　　　　　　　　**20:22**

今天终于出门逛街了,也就两个小时。

吃了火锅。等饭的时候逛了旁边的超市。我有七个多月没有去过商场与超市了,那个兴奋程度,真是比刘姥姥还刘姥姥——刘姥姥有许多故作惊奇的地方,而我是真的很惊喜!我发现超市里居然摆着许多从前没见过的玩具;锐澳鸡尾酒居然有 Hello Kitty 版的;给菠萝买了一个空心球,我玩的时间居然比她还长……

生有可恋,总是美好,晚安。

2016-03-21

仙人球爱水 **20:57**

宝,昨天睡前给你写完豆邮,关机前看到你微信发来的画,虽然困得睁不开眼,但还是被惊艳到了。

不是你提醒,都不知春色已到,今天有意一看,才发现柳色青青。我这个不带看花眼的人,被你提醒,居然抽空赏了赏春。

最近一直骑车上下班,虽然一直缺觉,但一骑车在路上时,心情总是不错的,像是回到学生时代,没有呼啸而过的电动车和那么多汽车,大家都骑着脚踏车,蹬一脚便只转一圈。

就是这样,晚安。

2016-03-25

仙人球爱水   **21:05**

  今夜电闪雷鸣，但是下午雨过天晴的时候，我骑车上路，想起恩雅的《雨过天晴》，心情大好，下午抱着菠萝，看了《梅兰芳传》选读。看纸书的感觉真好，我居然又开始看书了。

  我发现看书时会主动思考，看手机和电脑则不然，想起刘老师当时评价电影《梅兰芳》，又想起你看到他就会脸红的样子。时间就这样流走了，你的少女心却依旧，真真难得。

2016-03-27

污士奇   **17:53**

看到你之前的"有些悲观"的来信，其实并没有什么啊，我们的生活就是这样。这也是我们日常会有的情感。一个人不可能总是热血沸腾、乐天向上，那样未必就是好的。有些伤感，有些烦躁，有些痛苦，需要我们流泪来释放。不知你有没有看《头脑特工队》，很不错的动画片，我最喜欢里面的忧忧。流泪和悲伤，是我们人生宝贵的一部分啊。

正比如，我现在已经厌倦了蓝纸、菲林和校稿，每个早上都不想继续上班。知道的事情越多，失望就越多。有些时候，不知道真相反而会开心一些。每天想着离开，但又不能马上离开，等待的这段时间，就像是在虚度。

我有一个大大的日记本，那是一个棕色的大皮本子，姐姐单位发的，送给了我。也不知道为什么，就选择了它作日记本。我是一个最不喜欢写日记的人，但有了不开心的事,我会都写在里面。我在洛城上班时,冬天的屋子里没有暖气,没有炉火,冷到变成钢铁战士,慢慢熬着等冬天过去的日子;我刚来上海,在学校里遇到的一些不开心的事情;我在《K》杂志上班,那些压力山大、痛并快乐的日子;我在北京,被一些杂七杂八的事情折磨的日子。很少的时候,是非常想要摆脱旧的坏习惯,就郑重地发个誓,写在里面。

有时候,我会拿出来翻翻看,这些陈年的痛苦,有一些,现在想来,觉得也不过如此;有一些永远都不想再经历一遍;还有一些,如今回想起来还是觉得心酸。这个年龄的我们,回顾旧事,大约总是别有一番滋味。

最近看沈三白的《浮生六记》,里面说到李贺的典故,说他随身带着一个破旧的锦囊,一有感发,想到好句子,就写下来放在里面。又想到你的导师曹老师,随身带着小本子,有了灵感就写下来。我们也许没有鲁迅写日记的爱好,也许并没有特别的方便可以随身携带纸笔。但愿这看起来千头万绪、杂乱无章、往来无端的豆邮,是值得我们珍爱的锦囊吧。

我的小伙伴阿软,大约今年要回哈尔滨老家去了。她是家里的独女,妈妈身体不大好,她一直记挂。今年过年时,她回家一进门,就看见爸爸把她小时候的玩具洗了一遍，统统铺在地上晾干（她家是地暖，木头地板）。这个情景，看起来温馨，想起来伤心。所以尽管没想好回去做什么，还是毅然决然地要回去了。

原本以为在职场不可能交到朋友，可在上海、北京待了这些年，交到的朋友都是一起做事的同事。也许并不能共苦吧，但能同甘的朋友，也很难得，更别说还孕育出一种同窗般的情谊。我们这几个人的小团体，寻欢作乐、闹成一团的时候，并没有想到有分离的一天。周五时，公司楼下的小花园玉兰盛开，我们在花下合影，快乐了一个中午。

今天在奥森步行，这里的山桃和迎春开了满园，榆叶梅含苞待放，下周应该更美。北京的草木比山西的早绿，柳树沿河种了一路，远远的笼了一团鹅黄的轻纱在树冠。每年春天，我最爱看柳树。总觉得春天的颜色，不是山桃的雪白，不是迎春的金黄，也不是榆叶梅的艳红。就是柳树刚出芽这鹅黄里带一点点嫩绿的颜色，才是春天。

每年春天，我见了刚刚冒芽的柳树，都会欢喜。可是今天上午看见这如烟柳色，却忍不住流泪。我和阿软曾一起工作、吃饭、玩闹、旅行，各种胡闹。现在，我即将离职，她年底要回哈尔滨。从今以后，我每年都可以看到这样的柳色，但永远都不会有第二个像阿软一样的搭档了。不是每对朋友都能像你我一样,分开了还能再通信、再见面、再促膝。很多朋友,分开了就是分开了。从那一天起,我们的人生也许永远不会再有交汇了。"春风知别苦,不遣柳条青",原来不能理解唐朝人的伤春,今天理解了。原来也并不解"劝君更尽一杯酒,西出阳关无故人",今天也理解了。

2016-03-28

仙人球爱水　　　　　　　　　　　**20:23**

亲爱的表姐，睡前想和你说两句话。

第一，我特别喜欢你对春柳的描述，因为我也是这种感觉，我还特别喜欢迎春，那种明媚的黄。

第二，你的私人日记本我记得，红棕色的。我有一次无意翻到过，但不记得你写的是什么了。后来我知道它的用途，也就没再看，但印象很深的。我很懒，懒到有烦恼就顶多写几句诗，现在连诗都不写了，就写豆邮骚扰你。

我又开始教回语文了，就是太累了，不过还是喜欢教语文的感觉。今天带菠萝出门转了一圈，一树树花开，伴着微风，真好。

对这个世界，我们只想要安与康，为何还是如此之难？

2016-04-21

仙人球爱水　　　　　　　　　　　　　　**20:04**

表姐,我急需一根大条的脑神经,可想想你也没有,无法从你处借得,真是遗憾。

虽然没有什么大事——大事对谁都挺难解决的——但总是会被琐事打败。

污士奇　　　　　　　　　　　　　　　　**21:35**

慢慢来,时间会料理一切。

今天整理读书笔记,是叶嘉莹的《〈人间词话〉七讲》。越来越喜欢她的讲稿,真是一位有见解、有热情的老人家。虽然没能细细阅读和回味,但是我觉得很重要的部分,还是做了一点笔记。其中有一段讲苏东坡的词,她说东坡的词并不是一开始就好的,而是到了他被贬黄州下狱之后才变好的。因为他经历了很多人生的苦难,所以写词的时候,就会有很多感慨在里面。我们不必害怕挫折和苦难,因为挫折和苦难可以为我们的人生增加深度和厚度。

深以为然,与宝共勉。

不过话说回来,琐事的力量真是很大。仔细想想我辞职的主要原因,竟然就是日积月累的好多琐事呢。安慰你"别在乎这些"也不会有什么用处,我自己明明也很在乎,然而有些事情只好靠自己扛过去。

加油!

2016-04-24

仙人球爱水 **21:01**

慧慧带着女儿小葵回来住了两个多月,今天回太原了。

我们相处还比较融洽,没有上演婆婆媳妇小姑的狗血剧,我也发现了慧慧身上的很多优点。有时候,有些人的优点没有那么明显,就很容易被忽略,但我想那些藏于生活中的小优点,真的很重要。

我以前总是想着休息。工作时,想着什么时候休息;休息的时候,又想着休息时间快结束了——哈哈,立马就不高兴了。自从有了菠萝,终于变成全年无休了,反倒不会老是因为休息的问题而苦恼了。

2016-05-13

污士奇 **20:31**

宝,不知不觉中,休假生活已经度过了一周。

在家待着的几天,常常被一些零碎的事情耗去时间:做饭、洗碗、收拾东西、在同城上找活动。准备要写那个没写完的故事了,结果一开电脑,发现一堆乱糟糟的备份文件,完全忘了哪个是新的、哪个是旧的,只好花了一天时间,把电脑里的文件清理了一番。很多照片删掉了,只留下最珍爱的。

计划很多,比如雄心勃勃地要画一幅大画,已经打了个草稿放在那里;下载了《哈利·波特》的电影,打算拿它来学英文;准备着周末去农夫市集做志愿者;想找一个兼职做,但找了好一阵子,发现钟意的兼职挺难找,还很讲缘分。昨天跟小伙伴们去吃聚柳林的烤鸭(性价比特别高,你和亮亮下次来,我们去吃这个烤鸭吧),掐指算算,才发现三个月也做不了多少事,实在是没有多长的假期。

休假的几天里，不慎感冒了（我好像是一放松就会有点小毛病出来），今天睡了一整天。醒来出去遛弯，想起当初给假期的高密度安排，忽然觉得也不必把日程排得那么满。很多时间确是被琐事占去了，当初计划的事也没能高效率地完成。可这本来就是休假嘛！喜欢的兼职，有就有，没有就没有了呗。大画本来就很难画，一天画不成，就用三天呗。故事今天编不下去，明天再慢慢想呗。

想起你之前发给我的苏更生的一句话，大概意思是，我们经常被琐事缠身，但这就是生活啊。说得真好。

2016-05-14

仙人球爱水　　　　　　　　　　　　　**20:09**

我以前经常想着，当我有闲暇，有大把大把时间，我要干这干那；等到闲下来了，任时间刷刷溜走了，就又开始忙碌了，所有未了的心愿依然摆在那里，动都不动；最后，最后就风干了。

好久没写东西了，这周突然心血来潮，想着反正要教学生写范文，网上的范文也没有满意的，我就回忆了一下，用两节课时间把我当初的中考作文写了出来，给学生读了一遍，还惨无人道地要求他们记了记开头和结尾。

想起大学写论文，特别讨厌参考别人的，觉得那不就是抄嘛；读研的时候，才知道自己那是不思进取、坐井观天。

有的学生写作文，总是写在公交车上让座、大雨夜发烧被送医院这样的事，就像流水线作业，根本懒得去思考生活，也不去寻觅生活中的乐趣。这正是教育的失败之处。

又觉得刚才的话很可笑,动辄把问题推到教育的头上,却不反思自身的问题。明明能有改进,却停步不前,思维的惰性比学生还重,却总是指责学生。当自己没有变得更好时,永远有推脱的借口。也许,这就是我们这些凡人的特质吧。

污士奇　　　　　　　　　　　　　　　　**21:08**

想做的事,该做的事,早做。

我想起张爱玲也说过这样的话:想做什么,立刻去做,都许来不及了。

今天上午,把坏掉的雨伞(就是特美的那把伞)拆掉,雨布改造成了一件雨披,外出的时候遇到大雨还可以用;下午的时候,大画也画成了——画得并不满意,但拍出来颜色还成。

继续努力。

2016-06-29

仙人球爱水　　　　　　　　　　　　**12:48**

亲爱的表姐，春天走了，我瘦了，每天留一些遗憾，却又能满足地睡着。想起你站在食堂窗口冲我喊：今天有炒生菜！那个激动劲儿，和菠萝看到年轻美女一样样的……

菠萝一下子长了四颗牙。今次带着她吃米线，我们吃，她看着。天气好了，萌娃们都出窝了，以前没有小孩子的时候，从来都没注意过，原来街上到处都是熊孩子。我开始记工作日记了，不记下来不安心。

暑假也快要开始了，期末考试成绩出来了，我带的班由倒一考到了第二，我好嘚瑟啊！可是我又很失落，觉得现在的教学不符合我对教育的理解，缺少灵气，也缺少实用性。

继续期待你的画，也许会给我灵感呢。上次就是贴你的画，让期末考试的紧张神经放松了下来。我跟学生说了你画画的事情，告诉他们，人生有比考试更重要的事，但我们当下在做什么，就要发现其中的乐趣。

PS：我们班有一个姓彭的男孩子，长得非常萌，喜欢各种动植物，说起这些来满脸放光。我想你一定会喜欢他。

2016-07-29

污士奇　　　　　　　　　　　　　　　　　21:05

今天看了"严肃八卦"写陈乔恩,有句话很有感触:"心想事成是件开心的事情。但真的做到了,不是仰天大笑出门去,而是万般滋味在心头。"

我一向不爱看八卦新闻,但萝贝贝这个号我每天都看更新。虽然八卦,确有见地,让我想起你。

仙人球爱水　　　　　　　　　　　　　　21:16

这是一棵老树,就在小耳沟。现在这个村子早已面目全非,但是这棵树却保留了下来。今天带菠萝散步,突然看到了,勾起我童年记忆。纵有高楼千万座,没有可以拥抱的老树,也不能算故土。大自然如此善待我们,陪伴我们,真该珍惜才是。

我也是每天必看萝贝贝。我觉得她是披着八卦的外衣,表达自己的人生态度,而这种态度恰恰又是我们喜欢的。有次她提到了亦舒小说中的人物,我当时没注意,经你一说,我觉得我喜欢亦舒和喜欢"严肃八卦"是一样的。她们正中我的人生态度,虽然不出现在我的琐碎日常生活中,却像你一样,丰满了我的内心世界。

你也要好好睡觉,不要熬夜。

2016-08-06

污士奇　　　　　　　　　　　　　　　**15:09**

新的工作挑战很大，压力也很大，我非常想顺利通过试用期，得到主编和同事的认可。

因为在这里，我觉得自己好像离梦想更近了一步。庆幸自己做了正确的选择，特别渴望能留下来。

之前某个影视公司给的电视剧本，硬着头皮看完，发现自己真的不适合做这个工作（我原来是计划做剧本的提案和编审）。然而很多剧本稀里糊涂就写出来了，质量相当差。而我接到的正是这样一个烂剧本，生编硬造，七拼八凑，如果我以后每天都看这样的东西，恐怕给我再多的钱，我也不会开心。

我想，还不如在行业内来转型，寻求新的发展空间。

我想，要好好努力画画，写东西，保存自己的灵感，坚持自己的想法。

晚安，宝贝！

2016-08-14

仙人球爱水　　　　　　　　　　　　　　**23:49**

菠萝晚上意外吞食了一块透明胶，粘在嗓子眼里出不来，县里医生看不了，我们连夜赶到市里，幸有一位经验丰富的女医生给取了出来，十分惊险。菠萝出幼儿急疹刚退烧，就又遇到了这种磨难，真是可怜。我这个八月开头就不顺，乳腺炎输液三天，才刚好了，菠萝就病了。今天又来了这么一出。

我总是在某个生病或无所事事很久的关口，告诉自己要打起精神重新开始。今天才明白，需要振作才能有的精神，是支撑不了多久的，要有发自内心的力量才行。生活也并不能切断重来，只能越过越好。宝，我想你一定在努力中，只要有一件事可以让我们投入其中，那就是值得的，至于结果，从来不会太差的。因为生活从未亏欠过我们。

不知道你的试用期是多久，最近一定很辛苦吧，加油啊。

爱你,祝你顺遂。

2016-08-21

污士奇　　　　　　　　　　　　　　　　**17:43**

试用期是两个月。很多新挑战，很担心自己无法应付，正全力以赴。当然，周末也要休息，要不然会挂掉的。但已经被否定一次了，心里难过，无法完全放下。

不过，被否定和焦虑是必然要经历的过程吧，如果我能在焦虑中顺利渡过，说明我还有学习的能力。共勉！这两个月，估计是比较难过了，希望国庆之前，我能得到一个好消息。

一直挂念菠萝生病的事，但也没有问你。这些事情，总得自己一桩一桩挨过，问也是多余，倒不如给你多一些时间来陪伴宝贝。

国庆回去，我去看你跟菠萝和亮亮。

PS：最近看齐如山的《故园风华》，是他的一部回忆录，感慨很多：原来民国大家这么多，眼界这么广阔，文章写得这么好，这样的人还有多少是我们不知道的啊?

仙人球爱水　　　　　　　　　　　　**21:43**

菠萝在家吃了退烧药,烧了三天就好了。她得的是婴幼儿急疹,烧三天,出了疹子就好了。出疹时其实已经好多了,只是疹子出遍全身,看上去很可怕。

人生中有很多表象,看着恐怖,但过去了,也就稀松平常,祝你少想多做,天天梦到吴彦祖!

不过,你以后可不要休这种大长假了,我觉得不好,上班后生活节奏落差太大,心里紧张。

2016-09-06

污士奇　　　　　　　　　　　　　　　　**21:41**

我乱吃了一阵子药，胃病一点都没见好，十分担心。但思来想去，还是恐惧胃镜，决定去做钡餐。另外约到一个中医专家，下周二看诊。今天胃酸泛滥，尤其难过，恨不得明天就去看医生。

其实落得今天这样的结果，也不是大长假的缘故。我从《K》杂志辞职，也是一个大长假，后来到北京来，也并没有怎样。主要是这次换的工作，挑战太大。主编对我期望过高，难免失望；我自己也是心急，怕被人看扁。偏偏自己又作，冷雨天不穿外套，胃受凉了又不好好保养，天灾人祸撞在一起，导致这次胃病拖了一个月还不好。真是心急也没有用。

以后的教训是，一切都要慢慢过渡，不能指望一下吃成胖子。希望我的胃好好陪我走下去。

哎，身体一难过的时候，就不想活在这个世界上，觉得好累。可是下了公交，看到夜里的路灯那么美,又忍不住惊叹,忘记一小会儿痛苦。想起和样样去日照的浅海里玩水上自行车,小家伙那时还不到八岁,竟然看着摇荡的海水说:"我好想投进深深的海里呀!我好想就这样结束我的生命呀!"宝,生活一直厚待我,可是不争气的我,偶尔也会这样想。

2016-09-07

仙人球爱水 **20:32**

  我遇到开学季，带了新班，一切焦头烂额——不过也就这样。菠萝同学拉肚子一周未愈，晚上醒来无数次。每天晚上盼天亮。

  可是也还行。因为我不知怎的，忽然就不着急了。一切虽然忙，也就这样过了，能做则做，不能做的放过，事情也就简单许多。

2016-09-10

污士奇 21:32

最近还有一个感想。

我一直觉得自己像妈妈更多,但最近有些事让我觉得,在做出重要决定的方面,好像是爸爸的影响更大。

我妈是个天然有生活智慧的人,很多事情能够很自然地看开,但我其实是不行的。

很多事情我忍不下去,表面看着温和,深层的性情是很暴烈的,容易钻牛角尖,不撞南墙不回头。遇事也容易往悲观处想,所以不但年轻时愤世,现在也依然有一点,极易情绪化。比如去年闪了腰,在家卧床的前一周里,心里想的是:要是一辈子这样,就找个办法死掉算了。

我爸正是这样的人,只是他的脾气比我更坏,遇事一刻也忍不得。当初在县公安局,愤然跟一个品性不好的上司撕破脸,竟闹到半夜要抱着被子去守在那人门前要说法。后来的境遇一直都不好，就是因为不圆滑。年轻时的老爸，比我有骨气多了，我是没办法跟他比的。

说起我爸爸，年轻的时候是个冲劲儿十足的人。那个时候，村里的人还都不愿意离开土地，爸爸学习不好，却不愿意守家在地，自己拿定主意要出去当兵，在内蒙待了十年。进了部队，也没办法高升，做到排长也已然是努力的结果了。因为只有做到小干部，转业时才有优势，后来果然进了县政府。当时的县政府不仅无事可做，人际关系也很扭曲，他觉得长此以往碌碌无为，就找机会调去了公安局，起码可以做点实实在在的事。都是凭了他一己之力啊，虽然都是些小小的成就，可身为一个普通人，已经很不容易。

至于后来，他迷恋周易和算卦，迷信命运的安排，热衷于给我测八字改名字，也是因为吃苦太多吧。我之所以还没有信命，是因为还没有吃到段数够高的苦吧。可即便如此，爸爸也没有放弃过大大小小的幻想，经常一时冲动想要做这做那（比如合伙做生意、养食用苍蝇，前一件事被所谓的朋友骗走积蓄，后一件事在全家反对中夭折，诸如此类，不胜枚举）。最终很多事都没做成，但愿意想并愿意去做的劲头，真是难得，而当时只觉得他傻。

我妈常常说我爸是个怪胎，退休了之后，从不跟镇上的同龄老人结伴打扑克、打球、练太极，反而整天窝在村子里种菜。种菜也就罢了，跟邻居也没有什么来往，直到这把年纪都不会跟人交际。宁可跟物件打交道也不愿跟人打交道的性子，我跟爸爸也真是很像。

他从来没跟我谈过婚姻的事情。但有次从车站接我回家，他说，如果我决定一个人生活，他觉得也可以接受，因为我的性格也挺适合一个人过。简直想象不到，我以为我跟爸爸在人生观方面一直是死对头，而他竟然平静地说出这样一番话，并不是为了宽慰我而敷衍我（他是从来都不屑于敷衍我）。

我爸还跟我说过，他这辈子经历了好多好多的事情，可惜没好好上学，没什么文化，要不然一定可以写成小说。我当时相信，现在也相信。不久前看了一本普利策奖的漫画《鼠族》，就是父辈的故事。每个父亲的故事都不同，我爸爸的故事也很精彩。如果有时间，好想把爸爸经历过的事情记下来，写本书就好了。国庆回去的时候，不如就做起来吧。希望他开心健康，怎样都好。

2016-09-11

仙人球爱水　　　　　　　　　　　　　　　**21:54**

看了你这封豆邮，我内心十分受触动，现在正在擦眼泪呢。突然间有好多话，又不知道该如何表达，我要消化消化。

晚安。

PS：你应该让爸爸没事了就口述录音。

污士奇　　　　　　　　　　　　　　　　**22:08**

我最近陷入了不大好的状态。

不断被否定和担心被否定的过程，让我无法享受做书的乐趣。而且，给我的只是否定，没有方向。弯路走了好多，不知还要走多久，没有一点点成就感。之前在《K》杂志，日日加班到深夜，压力那么大，也没有感到过这样疲惫和焦虑。是因为那时年轻吗？我自己也没想到，竟然这么快就对一份工作失去信心。难道是已经过了打拼的年纪了吗？

不过你放心，我不会半途而废。十月份会定下来试用期是否通过。如果能通过，我会坚持一年看看；如果坚持了一年仍是这个状态，那也许我是真的不适合待在这样一个地方，做这样的一些事情。

我也明白，这里可以学习的机会很多。我的初步计划是，如果能在一年内适应这个工作，我希望至少能安稳地工作三年，努力学到些东西；三年之后，再考虑是否要离开这里，换到别的地方。这里的氛围，目前来看有点压抑，我无法想象坚持更久。

不久前，H公司发起一次大规模的招聘，可惜我看到的时候已经过期。也许是机缘未到。也许就是要我多一些时间去历练吧。

PS：上周去做了钡餐，检查是胃炎，正在吃中药调养，会慢慢好起来的。希望我的心情也能像我的胃一样，慢慢好起来。

PPS：最近不但胃不好，还上火，连带着下颌骨咬合也出了问题。人活着就是为了含辛茹苦。刚才拖了地，马上又觉得腰不好了。以后注定得像贵妇一样生活了。

2016-09-20

仙人球爱水 **19:59**

看了你的贵妇梗,我差点把菠萝笑醒。我给你算了一卦,显示你主要是急功近利,心火太旺。按部就班地完成工作,先做对再做好,就是对工作最大的投入。

菠萝又开始拉肚子了,真是多事之秋。菠萝出生后,很长时间不增重,天天哭不睡觉,我们忧心忡忡。我一度觉得我养不活她。但经历了种种,我现在明白,生命总是伴着病痛和不安,从出生就开始了。但我们都扛过去了,现在更学会了自嘲面对。我也是腰痛复发,忍痛去吃了火锅,觉得还是有力气活下去的。

人生至重要的,是和各种压力、欲望斗争,欲望多,压力就大,欲望少,就没有乐趣。好吧,人说老不学艺,主要是学习新东西需要脑力与体力,而且更难承受挫败感。到了我们这个年龄,有了一定的工作经验,已经没有人愿意当我们的师父了。工作上的事,要么自己琢磨,要么偷师。就连小五那样豁达的人都说她只带菜鸟,有经验的她才不手把手教的,所以你的境况再正常不过了。F公司确实很大,不知人际关系是否复杂。你不要老说别人对你要求高,其实是你自己着急。每个人都希望有个手下,能干所有的活,还不威胁到自己。

对你总有千言万语,到笔下也只是三言两语。生活一直在进行,我们就是在对自己的满意与不满中纠结着前行。一时觉得拥有全世界,一时又失落到觉得自己天下倒一。

2016-09-23

污士奇　　　　　　　　　　　　　　　　**22:10**

太阳系毁灭吧,实在不想再活在这个世界上了。宝,我好累,我想离开这儿。我觉着我没有创意。我不敢保证能开心地坚持下去。

又或者是,我来京后的工作挑战都不大,挺轻松就胜任了,不熟的也不难学。这次这个工作挑战真的比较大。之前过得太安逸,所以一有难活儿就不行了。

仙人球爱水　　　　　　　　　　　　　**22:35**

如果你要离开,我支持你的决定。不过你要明白离开的原因。如果只是公司环境的问题,那肯定不用多考虑;要是自身问题,就要着手解决。每个人都要经历转型期。不要情绪化看问题,也不要把问题夸大。做好决定,就要提前寻找新出路了。

事情一般是这样,做不对的时候,怎么也做不对,全是错；对了以后呢，错就很少了。还有，一直做不对时，要跳出来做点别的，不要老盯着这一块儿，因为思维受限，硬想是毫无结果的。这就是我的工作经验总结啊。文案创意的工作，这是非常重要的两条。

我当时工作不高兴，就是因为自我否定，你不要陷入这个误区！创意类工作，需要的不是创意，而是了解诉求，参考案例，巧妙借鉴。另外，工作是工作，和开心无关，这种基本的职业修养是要慢慢修炼的。过好生活是最重要的，工作只是其中一个小部分而已，是出于物质需要和一些精神需要我们才去工作的。

我觉得你被工作淹没了，首先要把工作和生活分开，这样才有足够的精力应对工作。其次，要建立适合自己的粗略的工作流程，再来是要有自己的资料库。我以前也这样，全副身心被工作左右，后来有了菠萝，照顾她太累了，所以才被迫把工作与日常生活完全分离了。但奇怪的是，我的工作没有变差，反而变好了。所以才跟你说这些。

你现在的状态，和我在广告公司工作时一样，我觉得主要问题就是两个，一个是心态，一个是技巧。你还记得宝玉吗？她就是因为心思简单，目标明确，不易纠结，所以后来能带团队。其实一般工作而言，根本没有到一定需要什么天赋的地步。真实的情况是，这个工作可能你不是特别热衷，但也绝对不至于讨厌或难以胜任。我也是后来跟宝玉打电话时，突然想通这个问题的。我们都是思想负担重，但你如果过不了这一关，以后还会遇到同样的问题。

好书值得推荐，编辑懂得人心，才能让佳作获得更多人青睐。没有萧统和钟嵘这样的好编辑与推广人，连陶渊明这样的人都要被埋没的，所以你的工作很重要。所以，之前的顺利未必就好，现在的不顺未必就坏，凡事都看你用什么眼光来审视。

2016-09-24

污士奇　　　　　　　　　　　　**21:42**

那天听你说了宝玉的事情,我的心情开解了一些。也不那么纠结了。好就好,不好就改,反正我是初学者。爱怎样怎样吧。这东西也不是能一蹴而就的。我的经验就是这些,能付出的时间和精力也就是这些,加班加点也未必能做出花来。这个难关,去别处也会遇到,不如把这里当成一个学校,好好学习一番。

说一千道一万,纠结抱怨并不能改变什么,也不能让我变得更好。这条路是我自己选的,我要更进一步,就得到这么一个地方来学习和打磨自己。这个我看得很清楚。虽然有种种的难过,但为了最终的目标,还是要忍耐去克服。我总觉得,人生的经历,不论是怎样的,总归是有用的,不知在何时就成了助力。这是我一直以来的感受。不过,虽然要为了前进而付出努力、做点牺牲,但也要保护好自己的心灵和身体,如果一个地方不能让我感到自在和舒服,那肯定是不能长久待下去的,那样对自己太不好了。

宝,祝我顺利渡过这一程吧。今天想清楚了这一点,觉得不那么要生要死了。

PS:我现在中药调养,胃好了许多,已经可以吃肉了。希望我的工作也能好起来。

仙人球爱水 22:12

难得你还有精力给我写这一封信,难得你想得这么清楚明白。最近经历了太多糊涂人糊涂事,你确实难得地清醒,我想这就是我爱你的原因。你愿意接受,这并不难得,很多人都长于忍耐;而你愿意成长,遇到问题愿意分析与解决,这才可贵。

想起我过往追求的一些,现在觉得也淡了,但越是这样,越要问问自己当初为何如此选择。安逸生活人人想过,这无可厚非,但不要因为选择了一条路就觉得另一条路更好。你肯定会搞定的,你一直在独立生活和思考,也是我的阿拉丁神灯。

凡事都有办法,凡事总有原因。一样东西长期让你不舒服了,肯定是不对的。工作上有情绪,要第一时间告诉我。我们选择生活和工作,不是它们选择我们。虽然我是女儿奴,但不希望你被这些奴役。

PS：都想起吃肉的问题了，看来你心情确实好转了些，那我就放心睡去了。晚安，亲爱的表姐。

2016-10-22

污士奇　　　　　　　　　　　　　　　　**13:42**

亲爱的宝，试用期通过了，但胃病仍然没有好。仍然不快乐的我，又得了一场重感冒，耳朵嗡嗡地闷响。北京重度雾霾，穿着沉重的棉大衣，在浓重的烟雾里郁郁前行去医院，感觉自己像一个四处漏风的老火车头。天啊，祝我赶快好转起来。

最近又经历了一些事情，迫使我放掉一些纠结，仔细理顺目前的处境和情况。我想你说得没错，凡事不可以只想自己的不好，是我们选择生活和工作，而不是它们选择我们。

我虽然内向慢热，但为何在之前的职业生涯并不如此呢？而且三个月即将过去，我都没有一天可以开怀？我承认工作并不是为了开心，但没有一点干劲儿和激励的工作，不仅是不开心，而且也是折磨了吧？

我一开始以为，是文案在折磨我，后来发现不是。写文案这件事，找对方法和方向，即便不能一步到位，总可以有一步步的进展，慢慢接近合格的。但我因为自己闷头努力，得不到任何帮助，常常花了时间还走弯路；更糟糕的是，即便取得了一点点进步，也没有任何鼓励给我。我只好怀着沉重和自责的心情，不断否定之前的努力，继续寻求也许更加合适的方向和写法。

想起我之前遇见过的一位主编，我有一次看到她要离开公司，但还有个要紧的通稿要请她决断，就打印一份追上去给她。她当天晚上给我写信，夸奖我是个敬业的编辑。这并不是什么了不起的事，但一点点小赞扬，就足以支持我以后更坚强乐观地走下去。我不敢奢望一直能遇到这样的主编，这位主编也只是跟我共处了几个月就离开了。即便在写稿要求很苛刻的《K》杂志，组长毫不留情地否定了我影评的同时，也称赞了我的新片报道。

见完作者之后，我本来应该轻松的，但那一整天都很难过，回来就觉得不对劲，昨天发起烧来。我好好想了想，一个工作，我努力适应了三个月，没有一天开心，即便可以学本事又能怎样？更何况，学本事的地方不止这一个。我不想放弃我要的路，但我需要换个地方。

宝，我从这周开始，准备投新的简历，祝我顺利吧！

仙人球爱水   **20:20**

    亲爱的宝，刚看完你的豆邮。我想了想，越大的公司，遇到这种情况的概率越高，虽然不是绝对，但这样的人都是过五关斩六将生存下来的，有时候更在意的是人的利用价值，态度表达也更直接。你的上司，她只希望你能独立完成一切，根本不在意你的其他，也根本不觉得对你有任何义务，这就是你目前的处境。人的心理很复杂，也有好多面，即使我和亮亮在这个小小的县城生活，也不时遇到你的境况。话说，我之前工作时的客户就一直不喜欢我，各种不搭理或者冷嘲热讽，我也很是难过，但现在好多了，因为遇多了，也明白了其中的因由，便学会释怀了。

    宝，我说这些不是让你逆来顺受，也不是不支持你的决定。也许你现在很难接受，我还是想告诉你，想要有更大的成长空间，还是要到大公司，而且在大公司遇到这种事的概率还是会很高。再有，这是个势利的世界。说白了，如果不是你思维独特有鉴赏力，我也不会和你成为朋友。你肯定会说，那我也不会对你颐指气使，对，这是我的教养问题，但我内心对你的想法不会变。

    以前小五对我说过，想要成长，很多时候要处理好自尊的问题，如何平衡好两者，真的很难。我遇到过,当时也没能解决,所以只能把我所有想法告诉你。因为有时候我们觉得是别人在折磨我们,但其中有很大一部分是在自我折磨。但身处痛苦的折磨中,我们很难理清头绪。

如果换地方,你要想想有什么方法可以知道新公司的氛围,这个比较实际。但你要相信,无论如何,你都是努力在让自己过得更好。

污士奇 **22:24**

我明白你的话,成长是要经历痛。但我目前无法靠自己从这个死局中解脱。我现在的难过程度,已经超出了预期,我现在已经没有空间、时间甚至心情做别的事情。现在的我,已经是超负荷运转了,注定走不长的。我毕竟不是一个工作狂,我希望能在周末有心情来画张画,而现在的我,连安静看完一场电影都没有耐心。

我并不打算退回原地,还是计划按原路来走,本来的目标是不会放弃的。接下来要选择的也许是大公司,也许不是。也许会经历许多次试错,但我觉得没关系,没什么是一选就对的。一次次试下来,总会选到真正适合自己那条路。

求进步的方式有很多种,我不想给自己设太高的目标和限制,经过这次尤其这么想。很多事情不能一蹴而就,还是要慢慢来。如果没有健康的身体和心情,每日压抑和悲伤地活着,又有什么意趣呢?结婚不能凑合,工作同样不能凑合啊。

说到底,我并非不愿意为喜欢的事情付出,但这个付出要有个限度。我喜欢这个行业,但我并不想成为工作的奴隶。宝,你要理解我。也许我并不是一个做事彻彻底底的人,但这就是我啊。

2016-10-23

仙人球爱水　　　　　　　　　　　　**10:41**

我们本来就不是那种稳准狠的人,健康和舒服的前提下,才能做好事情啊,而且找好工作的难度也并不低于找男友呢,我当然明白。等你好消息。

我姥爷以前时常说的一句话很对:宁可倒霉运,不能扫了兴。我们从让自己讨厌和痛苦的事情上习得的最多,这就是人生的可气之处。

亮亮又抱回来一只汪,我叫它豆瓣,我婆婆想叫它花花。

2016-11-06

仙人球爱水 **21:02**

亲爱的宝,我才看了《校对女孩》,最近太缺少元气了,看了之后心情大好,虽然我新接手的班又是一团糟。

新一轮感冒咳嗽来袭,马上要迎接可怕的全县统考,我可爱的姥爷也在这期间辞世了。诸事不顺,但也就这样了。

我现在每天走路上下班,坐等考砸挨骂。哈哈,我们不会好起来的,因为生活就是这么幽默,从不让人轻松,除非自己放松。所以我准备敷个眼膜睡觉去。

宝,你的感冒会好的,这是一定的。

2016-11-08

仙人球爱水　　　　　　　　　　　　　　**20:43**

　　宝,统考结束,明天正式参加我姥爷的葬礼。"死去何所道,托体同山阿。"

　　索皓亮才抱回家的小狗今天被车撞死了。"生年不满百,常怀千岁忧。昼短苦夜长,何不秉烛游!"

2016-11-09

污士奇 **09:02**

我曾在车轮底下救过我家的小狗约翰,现在想想都后怕,但做了也就做了。约翰当时瘫坐在马路当中哭叫的样子我至今还记得。然而没多久也就被老爸送到十几里外的村庄去了。约翰被抛给另一家人,心里一定很难过。

你姥爷生不逢时,若是生到现在,说不定在写专栏,或是当红段子手。我妈妈常常提起他的几个段子,但我想他当年的段子一定不止这些,然而我们永远都不会知道了。

虽然知道生活就是如此,但还是想让它更好一些。

2016-11-11

仙人球爱水   **21:12**

    亮亮新买一整套《资治通鉴》,这个只买不看的人!但我必须承认光是打开书柜看看整体效果也是蛮舒服的!哈哈!

    想到你救约翰的一幕,觉得好勇敢,如果是我,真做不到。

2016-11-12

污士奇 **16:37**

我刚好在整理一位藏书家的访谈。他说自己藏古书其实也很少看,但看见那些书就很愉悦。说到有些暴发户给家里书架上置书,他觉得也是很好的事,哪怕就是作装饰也很好。这个人想要装饰家里,第一个想到的是书,而不是别的乱七八糟的东西,说明他对书心向往之,即便不怎么去翻书,有这个敬慕之心也是好的。亮亮这只胖头鱼,大概就是这样的暴发户吧,哈哈!

救约翰的事儿,也就是年轻时候能干得出来,现在是万万不能了。

我昨天看到一个友邻的菜谱,说半只盐水鸭,吃剩的骨头与切片白萝卜一起炖汤,放姜蒜,调料什么的都不用,就很鲜香。馋得不行,今天去买盐水鸭,结果没有,就买了四分之一只烧鸭。吃掉所有肉,把鸭架跟白萝卜炖了半锅清汤,大概煮了二十分钟的样子就好了。真的很好喝!可惜没买香菜,否则一定更鲜。这个汤,你跟亮亮也可以试试看。

仙人球爱水 **21:20**

看了你的信,我突然觉得饿,现在爬起来吃小麻花。

2016-11-26

污士奇　　　　　　　　　　　　　　　　**16:14**

　　首先告诉你一个好消息。我这星期，不知为何，突然想通了工作的事。我也不知道是怎么想通的，这正是奇怪的地方。

　　其实之前屡次跟你说起要换工作，自己心里也是真心要换的，但我有一个原则，就是换的地方不能比现在这个差。但是看来看去，好的就那么几家，这个时段招人的并不多。H公司是常年招聘的，然而我投了简历过去也没有回音。其实我在写简历的时候，就已经想到这一点：我目前的这三四个月的工作经历，肯定是无法抹去的，只能老实写上，但手中的几个项目，都是在进展中，这就相当于我在F公司这里没有任何工作成果。这样的一个情况，放到任何一个HR那里，估计都会觉得不靠谱。如果我想退回原来的老路去，分分钟可以找到下家，但我现在并不想这么做。但是又找不到比这里更好的地方，不如先守着。

这是想通的第一点。

想通的第二点是，不管我喜不喜欢这里，都不妨静下心来好好学点东西。不论如何，我自己能从工作中学点什么就学点什么吧，学到的东西，都是自己的，谁也抢不走。既然目前没办法走，就不如静下心来做点事情。想起刚到 C 公司的时候，也做过自己不喜欢的书，接手的时候心里也不痛快，但做完之后觉得受益也是颇多。在这里何尝又不是如此呢？这是想清楚的第二点。

想通的第三点是，在这边的眼界，确实开阔了不少。突然涌现出的一些想法，都是来到这里之后才成形的。之前虽然也想过，但从来没有这么强烈，还总觉得不可能。可是来到这里后，看到更多的新鲜事物，就有了这样一个念头：不管可不可能，只要想，就应该试着去做。

想通的第四点是，那些工作的存在，对我来说不需要成为压力。能做好就做好，做不好就拉倒，尽我所能就好。我不需要为一个我不喜欢的工作搭上健康。这不过是一份工作，它对我来说是锻炼的机会、是赚钱的工具。这样一想，很多事情就都无所谓了。在工作上遭遇低谷是必然的事，既然现在得来一份平常心，愿意以小学生的心态去做任何事情，我觉得慢慢一切也都会好起来。不能去好的地方，也不能将就更坏的地方。而且,我相信总有机会可以去到那个好的地方。

真是奇怪啊,对的道理就摆在那里,纠结的时候却怎么解都解不开,自己解,别人解,都没有用。但不想着要解,几乎要放弃的时候,不知怎么就解开了。以前不理解什么是"一念天堂,一念地狱",只觉得挺玄挺好听,现在想想,这不就是我最近的心情吗?前一阵子想死的心都有,现在突然又不想死了。

宝,这封信是我打了鸡血之后的结果,也许不会给你降温,但愿能消解一些你乳腺炎的痛苦。我的胃炎也还没有好,眼睛度数升了,换了新的眼镜正在适应中。现在下班回家,都不看电脑,只画点小画,看看《摩西五经》和《智慧书》。明天计划去宜家买个台灯。既然以后晚上要画画看书,台灯是必须要有的了。愿我的眼睛度数不要再升。

2016-11-27

仙人球爱水   **13:08**

    我的乳腺炎继续，家里出了点麻烦，回来才方便与你说——所以你的信不但很及时，更让我感动。在我看来一直轻度自闭的你，居然经历了我知道那是多可怕的心魔的折磨，而且从中获得了新生。

    宝，虽然有时候我十分不愿意承认，但我还是明白，你比我更执着、更勇敢。你走出了我不曾走出的阴影，过着比我更有节制的生活。谢谢你，不是因为你是我的方向，而是因为你是我生活的参照，我们平行着，你陪伴我，同时还提醒我。爱你。

2016-12-04

污士奇 **20:15**

还记得我有个记事的日记本吧？我轻易不在上面记事，要记的都是些难过的事。所以写得不多，也并不当它是日记，只当它是个宣泄情绪的地方。毕竟，有些事情只好讲给自己听。

有时候翻翻看，觉得页数不多，心里窃喜，原来在我的人生里，还是快乐和闲适的日子更多些。再看看当时的内容，有些至今觉得放不下，却也是极少的了。看到2010年的记事，记录了很多刚进《K》杂志的痛苦，如今竟然都不记得了，好奇地看了好几页，就像是发生在别人身上的事情。怪不得人常说，人生旅途，人生旅途，原来过生活和旅行差不多，路上又累又困又难过，但留在相机里的都是些美景。

如今我回想在《K》杂志的生活，都是热血和青春，即便有虐，回忆起来也是带着热泪的温暖情景。生活真是一件奇妙的事。人类也真是奇妙的生物。

我还是那句话：你是我永远的幸运星。
爱你。

2016-12-12

污士奇　　　　　　　　　　　　　　**21:10**

最近喜欢上了一个有趣的人,又很殷勤,我对他不免有一些依恋,很盼望他能多联系我。

回想我自己的恋爱,也曾遇到过两情相悦的对象,只是那时真的是什么都不懂,没心没肺,执拗地排斥恋情的发生,好似一个怪异的青春叛逆期,现在想来又像是心智的不成熟:什么都想留给对方最好的回忆,情愿不在一起,情愿不开始。

后来有勇气恋爱了,却无法避免辛苦的猜疑和算计——怎么能不斤斤计较呢?又要计较自尊,又要计较付出,又要计较精力和时间。结果也是很不好。

我想学习爱,可如何学习,我不知道。这正是让我难过的地方。

2016-12-18

仙人球爱水 　　　　　　　　　　　　**20:17**

我觉得你确实存在一些不敢相信爱,而且怕被对方掌控的心理。可是这些问题我也都有,也不单单体现在爱上。我也不知道,我一直不是个会爱的人。这一点上,我们好像都不如亮亮,他敢于表达,对菠萝也是如此。

你的长处是善于判断,明白什么是自己感兴趣的。我们都不是很主动的人,性格又有点古怪——哈哈,这是我大学同学说我的。我的同事看你照片,都说你比我漂亮可爱,但是你本人还是很拘谨,可能容易让别人退却吧。

你不敢相信爱,但爱就在我们身边。我们敬重爱,也是爱的一种。该来的总会来,也许并不是以我们期待的时间或方式,但总比困在一种关系里自以为这就是爱的人要好。宝,我爱的,正是你的自律与不盲目。一个人的优点难免附带缺点,我们不能苛求。

但你完全可以自信一点,不是对爱,而是对自己。我想所有的问题,都是一个人漫长的自我成长的问题,爱只是其中的一项。

也许你应该考虑的不是这些不着边际的问题,而是去试着化化妆,健健身,去探索一些你未曾接触的事物,反而能让你收获些什么。没有问题是坐着躺着解决的,爱的课题恐怕也是如此吧。

2016-12-24

仙人球爱水   **21:15**

    宝，我最近喜欢上办公室一位老师的字了，所以又有了写字的动力。话说菠萝同学又重感冒了，还在漫长的康复之路上。今天晚上写字，想起了我们一起练习的那许多个夜晚，觉得人有一个爱好真是好事，连时间都变得高雅起来。

    想练好字真不容易，因为每个人都有自己的字体。练字就是要忘掉自己的字体，重新学习别人的字体。所以，我发现这其中难得的是忘却，而不是学习。

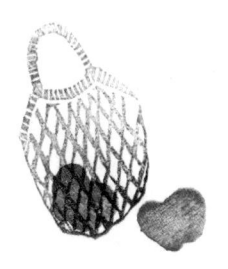

2017

这一年,仙人球爱水努力想要找到一个平衡点,在庸常工作和教学理想之间犹豫徘徊;污士奇谈了恋爱,在甜蜜和苦恼中起伏摆荡。

生病的时候,
总觉得一切人生皆虚无;
但病好了后,
一定会奋发向上的。
最美好的记忆,
统统与结果无关。

——仙人球爱水

2017-01-17

污士奇 **11:41**

H公司回复我,让我周四下午去面试。本来不想跟你说,因为怕不成功。不敢抱希望,努力先。

另外,我总是时不时纠结一番。"一个人终究无法完全理解另一个人,但是渴望被了解的心情却是一样的。"今天看到这句,觉得很有感触。我觉得他不怎么爱我。但我又觉得,有一个这样的机会和这样的人相处,就很好很幸运。即便有痛苦也是值得的。至于以后的事,不是我或我们可以预料的。也许会分手吧。但现在总是值得珍惜的时光。已经心情不稳很多次了,但不能因为害怕波动就放弃一切。我想我还是不够自信。

仙人球爱水 **15:12**

你总是这样,写那样好的毕业论文,答辩时还是那样紧张。一定是遇到我之前,被否定得太多,哈哈!

你要明白，无论是才华还是样貌，你都在常人之上，不要觉得自己不配得到什么。你单纯、执着、有才华，只要努力，就能得到你想要的一切。有些东西不是按出货量算的，画家、音乐家的才华是显见的，普通人的生活是另一套法则。外向的性格自然会占便宜，但那样的人很难沉静下来，所以不要以大众标准衡量自己以及他人。你妈妈的优秀是外显的，又有美貌，又有适用于生活的机智，但也不是样样精通啊，比如古董鉴赏……

你觉得人家不够爱你，那是你觉得，又不是人家的感受。有喜欢的人，还能时常见到，这就是值得高兴的。至于对方，有同等的感觉当然好。我们好好活到了现在，也不是靠着别人的喜欢。

不过，恋爱容易让人失去自我，盲目自信与自恋，心情极不稳定，急切希望自己被对方认可，还会要求过多、过度敏感……我记得大S的《爱的发声练习》里有一句台词：身体会告诉你什么是爱。当时觉得故弄玄虚，现在想想竟然很有道理。不论怎样，知道自己的感受，这很重要。

我怀孕初期时，心情一直不稳定，总是怕肚子里的宝宝不健康。当时学校的副校长看出了我的情绪，她提醒我：孩子健康不健康是客观存在的，该开一朵花，不会飞出一只鸟。你的担忧只会让事情变更糟，毫无益处的思绪，不如抛在一边的好。我就突然想开了，享受了整个怀孕过程。希望你也是。

不要担忧结果，有些人终成眷侣，有些人反目成仇，有些人形同陌路，你也逃不出这些。不过结果是大家都会挂掉。哈哈！

我记得我和亮亮一起去丽江，我坐在旅馆院子里的摇椅上，晒着太阳听着歌；记得我们在朱家角饭店楼上吹着小夜风吃酒香草头；记得我们一起凹造型拍毕业照；还有女儿节上，你发现了自助小糕点，激动地朝我跑来……最美好的记忆，统统与结果无关。宝，谢谢你总是愿意跟我分享人生中的各种进展。

祝你明天面试一切顺利！你嘛，是不用特别努力的，正常表现就蛮可以啦。如果你原本不知道H公司，这也就是个普通的面试而已；把对方想过高了，只是自己多受折磨。我想你早已明白这个道理，只是事到临头，还是有点难放开。我想起我第一次面试啦，穿的还是你的短袖。

2017-03-12

污士奇   **18:34**

  自从到了新公司之后,音乐都很少听了。今天写信给你的时候,开着豆瓣 FM,久违的奢侈的感觉。

  我觉得是时候应该好好反思并整理一下跟龙猪的关系了。

  跟龙猪在一起的原因,我之前也说过,喜欢和性一半一半。当他早早地说了爱我的时候,我心里还是犹疑的,因为觉得我是喜欢他的,但还没到爱的地步。但时间略久一点,我越来越迷恋他给我带来的温暖和欢愉感,会不断地想念他。去图书馆,看到沈从文的《龙朱》,我就拍下来给他看(因为和"龙猪"谐音嘛),看到《东京爱情故事》,我会把莉香写给完治的明信片拍给他(因为他说过他也喜欢《东京爱情故事》);情人节在苹果上啃一个心形拍给他,诸如此类。我觉得表白不是什么羞耻的事,我愿意把我的心情告诉他,我希望他看到这些话会很快乐。

但说实在的，我们之间的差异其实很大，从兴趣、爱好、品位到生活习惯。我觉得两个人没必要一定要兴趣一致，互补也是很好的选择，没必要找一个跟自己一模一样的人。偶尔看个电影，都是我将就他的品位，因为我的兴趣比较杂和泛，也乐于看看关注范围之外的东西，也可以发现一些新鲜的东西，所以兴趣的方面也都过得去。我们见面时也都很开心，他总是很热情，我过年回家、返来，他都主动去火车站接送我。

关于婚姻的事，你一直知道我的态度，我这个人对婚姻是不抱期待的，也不想要小孩。龙猪会跟我说起结婚的事，只是一旦说起结婚就必然讲到小孩。我从一开始就告诉过他，我不仅身体状况不允许，我自己也是不想要小孩的。他一直劝说我，而且说如果我不要小孩，我们两个可能不会有未来。这段感情的时间还不长，一共也就几个月，而我们两个只在周末见面，其实在一起的时间非常少，彼此了解得还太少太少，所以我并没有想到结婚这一节。

我的计划是，两个人以后同居在一起，共同生活，彼此在日常生活中增进了解，如果共同生活很融洽，对方又希望结婚，我会考虑婚姻。但他这样频繁地说起小孩的事，我不禁会想，他想跟我结婚是不是只因为我是个不麻烦、不多事、对物质没要求的人，所以结婚繁衍后代也更便利些？我跟妈妈说起过这件事，妈妈说，如果他说没有小孩也要跟我在一起，那才是真对我好。妈妈劝我不要太依恋龙猪，适当拉开距离，她不愿意我因为这个而受伤害。

再说回到让我心里不太舒服的一些时刻。我自己是非常不吝于向他表白的，几乎想到就会跟他说，在微信上。然而我收到的回应基本是越来越冷漠和平淡。常常是我主动问候他五次，他才会主动问候我一次，这个样子。每晚都是我主动跟他道晚安。我知道他这阵子一直在加班，但我觉得如果一个人真心喜欢我，他不会每天都忙得没时间问候我一句。一开始，我想的是，他加班很辛苦，我要多关心他，多给他问候、安慰和调剂，但后来这样失衡的情况，真的会让我不爽。我觉得每天这样牵挂一个人，对方却并不在意。虽然微信跟面对面是有差别的。跟龙猪见面时，他对我还是很热切，但我心里始终有个疙瘩在。

到了周日这天，我挂到号，去医院开验血单，预估也许九点半可以看诊完毕，他需要去公司加班，可能是十点左右，我就跟他约了时间在地铁站见面，我要把画画的工具拿回来。结果等医生时间太长，他来电话时医生在问诊，我就先挂掉，之后马上出来回电给他。他非常不耐心地挂掉，然后转去微信了，整个回复的态度非常不好。我心里很不舒服，我对他真的从没有什么要求。我不在乎车子和房子，我想跟他一起维系感情，一起生活，虽然我对我们能否最终走到一起并没有确定把握。然而他对为我做一点这样的事情都没有耐心，都要发脾气。他有没有想过今天的看诊本来应该他跟我一起？而我照顾他工作的繁忙，并没有要他陪我早起？我知道，如果我现在见到他，他还是会很热切，我还是会忍不住对他充满热情。但我也要好好想想，他是不是真心对我？感情其实只是我幻想出来的？龙猪的工作下周三要验收，这阵子我不想再打扰他，等他结束这项工程后，我想跟他好好谈谈，请他诚实地问问自己，也给我一个诚实的答案。我不需要他动不动就说爱我，如果真的只是炮友心态，就不要用"爱"这个字来欺骗自己和别人。因为我现在被困在这里独自伤心，我需要一个答案和解脱。

宝，说了好多，说出来后觉得心里好受一些了。

想想我们很可能不会在一起了，还是很伤心的，虽然在一起的时间并不长。他也许不够喜欢我，但我也不会太怪他，时间这么短，无论是谁都不会有太深厚的情感吧？更何况我们也不是小孩子了。

原谅我说了这么多，也许是我要求太多了。

宝,成年人的感情很不单纯,大家考虑的因素很多,所以像你这样简单的人其实很珍稀。甚至对于想结婚的人,感情只成为了一个微乎其微的项目,这就是大家过得不快乐的原因,想要许多,觉得有些看似虚无的东西不重要。

我一度也是个不想结婚生小孩的人,可是一切自然发生了,我也没有觉得什么别扭的,最近看"严肃八卦"写大S,让我想到了很多以前的事。想起来我追大S、你追吴彦祖,时至今日我还记得当时喜欢的原因,因为对外界呈现出来的那一面里,她是那么冷静又那么温柔,那么理智又那么热情,那么偏执又那么独立,总是我欣赏的人生态度。追星的人啊,从来都不是在追一个明星,都是将自己心中的理想人格投射到了一个人身上而已。

和你说这么多无关的东西,不知你会不会烦,我想说的是,如果一个人让我们无法抉择,也许并不是人的问题,也许是我们自己对生活有迷茫有不解。跳脱出来,看看别人,也是理理自己。

我想龙同学也不是什么坏人,他只是个普通的男孩子,如果你有疑惑,可以直接沟通。但是他说什么,好像又并不重要,如果你觉得他不喜欢你,那就是不喜欢,即使他真的喜欢,你无法感受到的,也不作数,不是吗?

一个男性的态度,是日渐冷淡的,热恋期是峰值,峰值过后每况愈下。而真正长久的亲密关系,在于互相尊重与欣赏,替代词有敬佩与仰慕,感动什么的充其量只是锦上添花吧。

你不是对异性要求很高的人,感情还是首位的,感情就是感情,不是感动,也不是陪伴那么简单,我想你一直明白。其实你对人对事,要求都很低,你从来就不是一个高需求宝宝。庸俗地说,说不定是你所需太少,谈恋爱的人太懂事了,是会吃亏的。

你喜欢对方什么,或者他能带给你什么不同,也许你想通了,一切也挺简单的。恋爱太复杂,是因为我们从来不能做自己感情的旁观者,如果旁人看了,恋爱关系不过就是这几样:互爱;只有一方爱;相互都不爱……爱的原因有千千万,不爱的理由就是不爱。哈哈哈,大笑三声。

我时时会想到谢耳朵的话,但愿你们从对方身上得到的快乐,能有我给自己的一半多。见了许多相爱相杀和更多的无爱婚姻,真是感叹,问世间,有几桩幸福婚姻?真是少之又少。很多人是无法沟通的,还生硬地凑在一起,过上了那么蹩脚的自以为不丢人的家庭生活,就是为了成为正常人。

我们今天在电视上看了《疯狂动物城》,看到最末,我问,兔子和狐狸为什么没有结婚?!亮亮和慧慧都笑喷了,他们说,这是动画片!人家是好朋友!我很不解地补了一句,这样有默契的冤家都不在一起,那我们普通人好像根本没有必要结婚了。

污士奇 **22:08**

宝,谢谢你,我要好好理一理我自己。

首先是要跟龙猪好好谈谈这件事,我想弄明白他到底要什么,也想弄明白自己要的究竟是不是这样一个人。

说到底,他善良、有趣、透明,什么都写在脸上。他也激发了我的激情和柔情,这是千真万确的,我现在仍然这么觉得。只是这样一个男人,不够喜欢我,或者从一开始就不怎么喜欢我罢了。他是个冲动型的人,经常说出一些"想永远和你在一起"的话来。当时还是刚开始,我还很冷静,会问他,你到底喜欢我哪一点,要跟我永远在一起?他也说不出。

所以,造成今天的情况,也是自然而然的事情。他想要找一个还谈得来的女人结婚生小孩,我想要找一个还看得过眼的男人来谈恋爱。两个人的目的本来就是分歧的。而我们都不是彼此的理想型,直到现在还不是。

只是相处了一段时间之后,我还是对他有了感情,会为他流眼泪。其实一直对这段感情不抱太多希望,也应该是心里明白上面所说的这些。只是在一起的时光的快乐,让人有点不忍放弃。原来以为可以长一点,没有想到这么短命。

其实龙猪是个没有恋爱经验的家伙,一个不太会变通的家伙,很多事情都很一根筋。我怀疑他还是个自我中心的少年,并不像他自己说的那么成熟。我回头跟他谈谈,也许我们互相都可以成长一些,也许还能再做一段时间快乐的朋友。跟他的关系,我还是很珍惜,不论之后的情形如何,我都会感谢他、怀念他。

2017-03-16

仙人球爱水　　　　　　　　　　　　**20:29**

宝,首先还是要恭喜你,你这段时间经历许多,有甜蜜有苦涩,有白眼也有鲜花。也许正是这份历练,让你有了最后的从容,获得了一个向往已久的机会。我很为你高兴,机会得来不易,但你真是值得拥有。

我最近在忙着调工资的事,忙得焦头烂额。但今天终于告一段落了,今天走在通往政府的路上,惊觉迎春花开了,我喜欢迎春,它最能嗅出春的气息,点点亮黄缀在还未苏醒的枝条间,那样娇俏,谁知道它其实是受得了春寒,愿意做个出头者的傲娇的主儿。

太困,不知所云,但还是恭喜恭喜恭喜你。

2017-04-15

污士奇   **12:06**

亲爱的宝,最近有两件好事一起到来。

一件是,跟龙猪重归于好。我还是喜欢他的,他也还是喜欢我的。只是我们两个也都是普通人,都有一些自己的私心,无法为对方付出全部,但能学着慢慢去一点一点地付出,我觉得也是可喜可贵的事情。我想去认真维系这样一段感情,从中收获甜蜜和痛苦。放心吧,我会保护好自己,触及底线的事情,以后不会让步。

还有就是,H公司的试用期通过啦!这里比我想象的还要好。上级和同事都非常友善,非常照顾新人,体贴细心,让人心里温暖,仿佛有家的归属感。氛围非常轻松,虽然每日努力工作,却并不觉得多么辛苦。有美味的专供小食堂,午餐异常丰盛,我最爱大师傅的清蒸狮子头、香椿炒蛋,还吃到了久违的小芋头和大酱汤。饭后有水果、酸奶或鲜奶。同事大多很温雅有趣,还常常一起踢毽子。我办公的桌子,是老式的木桌和木凳,土黄木色上面黑色的纹理,窗台上摆满了绿色的水培植物以及仙人球。真的好喜欢这里。

上周去龙猪那里,看到两颗抽叶的洋葱,兴奋得大叫。龙猪帮我养起来了。我很开心,画了两颗洋葱宝宝的画。回头传给你看。

2017-08-25

污士奇   00:20

亲爱的宝,好久没给你写信了。

最近的生活有点两极,高兴的时候很高兴,不高兴的时候很不高兴。

高兴的方面是,工作还算能够胜任,虽然上级严格,但我学会了不给自己太多心理负担,一切都还好。那天你发给我草木染,我又提起了兴趣,之前买了些麻布,想先弄一小块做个试验看看,以后说不定可以画衣服。

不高兴的方面在于,再次纠结要不要跟龙猪在一起。跟他在一起无疑是开心的,但还是老原因,觉得他不太在意我,很多事情不太为我着想。我生气了,他才妥协一下,之后多半故态复萌。不知是我太宽容,还是他太不走心。

我下班回来挺累,本想随便弄点东西吃了算了。但想着他要回来,还是努力做了二人餐,结果这个家伙八点半左右说他加班晚可能不来了。我说,你怎么不早说,让我弄了这许多怎么办?本来我累得都不想做了。然后他又说,不能让我白做,一定回来吃饭,结果我一觉睡醒他又说工作忙不完不来了。我说,以后你最好弄清楚情况再跟我说。

我不知道是不是自己过惯了单身生活,这几天跟龙猪一起,觉得好累。平时回来,只要弄好自己的一点吃食就行,跟他一起过这两天,每天都要做更多的饭,花更多时间和精力,发现更多对方身上的缺点。比如他做了什么事,手脏,还要来摸我。要他洗手,怎么都不肯洗。天哪,洗个手有那么难吗?我也不求他为我干啥,连洗手这种简单的事都不愿意,我还能指望他啥?即便跟他在一起并不指望他怎样,但也得照应对方的感受吧?如果简单的琐事和小习惯都不能达成一致,那以后在一起日子还怎么过啊?

宝,我是不是太没勇气了?不想去迈出更多?我一累的时候就会想到更多这些不开心,想我究竟应不应该跟他继续。也许睡一觉,明天起来就会放在脑后,但每次不开心还会想起这些事。而且我直到现在都没跟同事们说起他,总觉得时机不成熟,不确定以后的情形。

大概就是这些牢骚。

仙人球爱水   **22:17**

    首先恭喜你通过了试用期,虽然我身边的人除了我和亮亮,居然都不知道H公司,但我好为你骄傲啊。

    你记不记得我们一起住的时候,我也会和亮亮生气,气哭了你还安慰我?今天还和我妈说,你的性格特别,你喜欢直接表达憎恶。所以,我觉得你在感情上一定会有自己的判断。我觉得龙同学是个想成家立业的直男标本,懒啊、脏啊什么的是大多数男士的通病,这需要在初期相处过程中由女士建立好底线与规矩,习惯了他们就不作妖了。

    我想你们是到了第二轮磨合期了,所以你会烦躁,这很正常,虽然我经验很少,但是还可以和你切磋,欢迎你经常给我这个知心姐姐信箱来信啊。

    还有就是,生气的时候要找点乐子,干点别的,不要自寻烦恼陷在追忆过往中。我上次和亮亮生气,结果我发了一条微信给他,看了一晚上《楚乔传》及花絮,困极入睡,第二天也就过去了,现在也想不起来生气的原因了。健忘也是有好处的。

    比方说,想想你快能见到害羞的菠萝同学啦。

2017-12-17

污士奇　　　　　　　　　　　　　　　　**21:47**

亲爱的宝，好久没给你写信了。

一直想给你写信，但最近发生了很多不大不小的事，也很是一言难尽。

先说工作方面的事吧。H公司是个好的平台，但我发现我遇上了一个摩羯座主编，一个恨不能工作24小时，还要以同样标准要求别人的家伙。因为在F公司的教训，我不愿再亏待自己，尽量坚持每天到点下班，但万一有着急的事还是会自觉自愿留下加班。但主编给我的任务，基本是需要天天加班才能完成。几乎每隔两三天，就要有一场小谈话；再隔一阵子，又要有一场大谈话。我看了主编给我的明年的工作安排，基本是全年无休加班加点的感觉。目前能做的，只是把年底的工作赶出来，希望明年的状况会有所改善。从我来到H公司之后，很多自己想做的事情搁置了，比如画画，比如写东西，比如看书——我现在连工作有关的书都看不完，额外的兴趣不可能再发展了。

不过，有件事我能够想明白，这个工作机会来之不易，我应该好好珍惜，但究竟能坚持多久，我自己也说不好。毕竟，这边的工作氛围还算融洽，收获的热情和得到的帮助也更多，时间也过得很快，身体上比较受虐，但心理上其实还好。只是，短期内接连换工作，让我心境发生很大变化，身心更容易疲累了。我不知道现在为什么没有了当初的斗志，常常觉得已经拼杀不动，体力和心力都不支。说到底，我是个胸无大志的人，现在越发觉得是这样。"我们有权利虚度一生"，这便是我目前的心境了。

常常会想，不如到一个小一点的城市里去，做一份不讨厌的轻松工作，画画度过余生，也是不错的选择，比如桂林、成都、大理……轻松一些，够我生活就好，真的不想再这么累。但是，现在有了龙猪，也是舍不得他，想要跟他在一起，只能慢慢再看。

还有一件事，我们的房租又涨了，如果再找房子，这个价格也是承受不起了，所以打算搬到六环去——想住得宽敞舒服一点，就只能委屈一下交通了。听闻违规租房大清理，真的很寒心，很多在这里努力过的人，就这么被粗暴地清理出局，而我不过比他们略好一点点——还能租得起小区的房子而已。如果房租持续上涨,我们怕也难以久待。

常常觉得,忧患能给人灵感,却也让人沮丧。也没有别的办法,生有可恋,唯有努力活着。

2017-12-19

仙人球爱水 **20:41**

亲爱的表姐,我们真的好久没有通信了。

更可以让你平衡的是,我现在也经常不能按时完成工作,需要加班,而且近期还下班后不放学,饥肠辘辘地排练百人大合唱。哈哈,想起来怎么莫名滑稽呢?

不过,即使如此,我也觉得还是有收获的。我最近参加了县骨干教师的选拔,说白了就是自愿报名讲课。我对自己的表现很满意,因为我几乎不紧张了,思路也很清晰。对比半年前教学能手课时的表现,我觉得成长了许多。

你的信给了我莫大的安慰,因为大家的日子真的越来越不好过了,哪里都是;也唤起了我对生活的热情,我已经好久没用愿望清单了,没有欲望的生活是乏味的。我明天要列好清单,满眼放光地生活!

其实最近最想去看《芳华》,但是真的没有时间,所以你要珍惜你的自由时光。

2017-12-25

仙人球爱水 **20:48**

虽然知道《芳华》会好看,还是选择在平安夜和亮亮去看了《妖猫传》。怎么说呢,皮相是真好,有的场景真的看了心里一惊,一些副线的处理也很好;但总的来说,感觉陈凯歌是个不会写作文的人,他没有做到详略得当,总是到关键处就气力不支,一不小心就成了煽情或说教了。

尽管如此,我还是一直喜欢陈凯歌,因为我觉得他有自己的坚持。虽然看到中间就开始替他着急了,但还是哭了好多次,泪点太低了,尤其是对应起相似的现实来,顿觉十分悲凉。

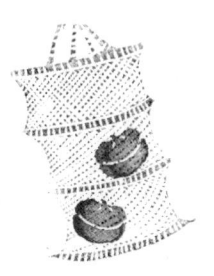

2018

这一年,仙人球爱水和亮亮收拾新家,开始了跟瓷砖、电线打交道的日子,但愿这是人生中最后一次装修;污士奇买了人生中第一把吉他,开始了枯燥的指法练习,不知能不能坚持下去。

> 有喜欢的人,
> 还能时常见到,
> 这就是值得高兴的。
> 至于对方,
> 有同等的感觉当然好。
> 我们好好活到了现在,
> 也不是靠别人的喜欢。
>
> ——仙人球爱水

2018-01-14

污士奇　　　　　　　　　　　　**22:52**

　　《妖猫传》我老早就去看了。担心陈凯歌会发挥不稳，所以没有特别期待，结果看下来觉得还不错。煽情的地方，也是陈凯歌的文人气吧。这个电影的故事，也算讲得很克制了，像《搜索》一样。陈凯歌也不是不会讲故事的人，但常常把持不住自己的表达欲，不能好好地去讲一个故事。他也不是没有抱负和才情，可惜的是没能真正协调自己的长处和短处。除了《霸王别姬》之外，《风月》《和你在一起》这些，这方面缺陷都挺明显的。听说《霸王别姬》的编剧芦苇起了很大的作用，真是一部天时地利人和的作品啊，在陈凯歌的人生里，再也不会有了。

　　不知道为什么，看《妖猫传》重现大唐盛世那段时，我突然想到一个人，觉得他的气质和大唐有某种相似，一时想不起来是谁，后来琢磨好久，竟然是曹老师。

接连两周的周六加班。上周日终于搞定了房子，3600块一个月，温暖的二居，也不算小。从上个月的二十几号开始，我就焦虑房子的问题。现在签订了合约，又在焦虑与房东交接房子的事。龙猪不在，一切都要我来料理，这一两个月又常有周末加班，还要对抗主编的高压政策，真有心力交瘁之感。今天这个周日，去邮局寄了一大批书，好容易有一个去奥森步行的机会了，虽然是雾霾天，也坚持去锻炼了。奥森此时一无所有，光秃秃，但还是觉得散心是件好事。

回头看看过去这一整年，我把一切献给了工作，连给你写信的机会都少了，于我来说不是一件好事。我们主持人还不错，就是太过于工作狂，令人难忍。之前我担心自己进度慢，悄悄用周末时间补足，也没告诉人。但我想从下周起，慢慢恢复周末的完整时间，来做一些之前想做却一直没做成的事情。我仍然希望做喜欢的工作，但又拒绝工作对生活的挤压，还有就是，越来越明显地感觉到疲累了。

这阵子晚上其实并没有加班，但是回来一个劲儿地看肥皂剧，不看死不罢休。原来看电影和看剧的阶段，也是心态的晴雨表。看电影的心情，是比较悠游的，有精力去挑选影片、细细鉴赏；看肥皂剧就不一样了，不用聚焦每个时刻，边看剧边做别的也行。只是消遣时间，让焦虑离我远一点的话，电视剧更有效些。最近追的两个剧,一个是《了不起的麦瑟尔女士》,一个是《白夜追凶》,都已经看完。终于可以结束过去一段时间的颓靡了。

PS:我也许不应该怀疑自己。但是,从上份工作开始的焦虑,在这份工作也并没有结束,仍然在延续,只是性质发生了变化而已。前者是如重锤敲打的精神压力,后者是如机械拉扯的精神焦虑。我隐隐觉得可以慢慢度过这个阶段,因为后者的状况比前者是要好很多的,只是不知要多久的过渡期。突然不爱北京了。

PPS:这段时间为了找房子奔波,从前坚决不要买房子的我,突然觉得在一个宜居宜工作的城市里,有一所自己的房子,是一件很温暖踏实的事。

今天下午去邮局,我拉着一箱沉重的书,慢慢地穿过北二区,看着那些暖灰的、坚固的仿花岗岩的砖墙,六层高的小楼一栋一栋,整整齐齐、结结实实地立在那里,干净的玻璃窗,蓝色的窗格子,阳台宽大敞亮,搭着各色衣服。我心想,这里面如果有一套房子是我的就好了,就不用为了找房子操心了。这个改变,也许是龙猪给我的吧,也许是我老了吧。

2018-01-15

污士奇 **21:22**

最近在看一本关于沈从文的书,发现很多作家都有写日记的习惯。

你知道,我几乎不写日记,除非是有烦恼事和伤心事。我这样的人,实在对不起一个好端端的日记本,老把人家当垃圾桶,心情垃圾丢进去就不管了。不过,有时候翻翻过去扔掉的垃圾,还觉得很有意思,居然还经历过那样一些事!没有这个本子,也就记不起那些事情。

不过,给人写信和自己写日记还是有些区别,虽然都记下了生活里的一些事,但态度是不一样的。比如我给你写信的时候,还是会有所顾忌,觉得不能给你太多负面的东西,不好的那一面不想让你看到。昨天那一封思维混乱的信,是我在极度犯困又极度想跟你说话的情况下写的。今天回看一下,果然很混乱啊。

这阵子下班回来,依旧是做饭、看剧、看手机、洗漱、睡觉。这样度过一天很不好。从前我专门准备了一个本子，想要晚上回来写点什么在上面，但没坚持多久就放弃了。今天忽然觉得，像你我这样给彼此写写信，也蛮不错的嘛。每天总有一些想要说的话，说给你听，总比忘在风里的好。也算是我们共同的一个生活备份。

每天跟你说一两句话也好。觉得极度颓废的一天里，总算做了一点有意义的事。

PS：早先看到一篇讲婚恋关系的文章，联想到龙猪和我现在的情形。现在他在外地出差还没回来，我们每天都要通一次电话，无意中共同温习曾经熟悉的彼此，也越发依恋他。拥有一份亲密的感情真是幸福。一个人的时候也不觉得怎样，现在拥有了这样一个人，又觉得这才是生活该有的样子。

仙人球爱水　　　　　　　　　　　　　　**21:52**

宝，今天超市打折，我以前没去过，今天要买面膜才去逛逛，真是人山人海。现在我一边敷面膜一边给你回信。这个面膜号称有玻尿酸成分，鬼才信，亮亮说我明天就会肿成猪头。

你给我讲这么深情的事，我却回你这么家常的话，让我想到了鲁迅先生的《我的失恋》。最近月考，监考时我又看了《社戏》,肚子异常饿,而读起那些时代感强的文章来,又总难免打瞌睡。后悔怂恿学生买周树人先生的书了,估计会把他们吓退的。

我记得你有一个又破又大的日记本,不知道它如今在何处了。以后我们要坚持在邮件上写信,哪怕就是只言片语,说说一天后留存下来的精神碎片,也是好的。

还记得那次和菠萝吹泡泡吗?我们后来没给她玩过,所以她以为只有你才能带回来泡泡,所以一直期待你回来。现在,她的"三字经"是:干妈回来,吹泡泡,吃披萨,吃米米,喝水水。等你回来去吃披萨,已经和菠萝约定好了。

2018-01-16

仙人球爱水   **19:39**

    宝，今天经历了几件琐琐碎碎又颇不值一提的事。我当时牢骚满腹，现在给你写信，又觉得那些事根本不值一提。

    每个人做事都有他的原因，如果他刻意编造谎言，我们又何必费力计较拆穿？如果有人斤斤计较，我们又何必要费心去计算他人算计了什么？

    感情美是因为它像烟花，要燃烧起来；一旦彼此冷静，计算起得失来，就灰暗下来了。

2018-01-17

污士奇　　　　　　　　　　　　　　**21:05**

　　虽然你不跟我鸡毛蒜皮,我却要跟你鸡毛蒜皮了。

　　给你推荐一种泰国方便面,叫养养牌,单吃面条就很好吃。调料鲜辣可口,可惜我现在已经不能吃辣。但我还是很想吃,于是切了些葱花,拌上生抽和陈醋,前天晚上剩下的火腿炒小蘑菇热一下,早上蒸的囫囵蛋没吃掉,也剥了壳,放进碗里去。等面一熟,趁热连汤带面倒进碗里,搅拌起来,葱香和醋香很诱人,比味精调料包好多了。想起你那时吃方便面,就最不喜欢加调料包。

　　今天快下班时讨论工作,主编眼看快六点了,赶忙说,我们只讨论到六点钟,你按时下班啊。然后他光速讨论完就溜出了办公室。他不谈工作的时候还是很可爱的。

　　我现在懒到每天只洗一次脸,晚上洗一次,早上就当自己洗过了。今天和一位可爱的男同事一起逗猫玩,突然低头发现自己好久没擦鞋子,上面满是泥点子,心里难为情了半分钟,回想起来又难为情了半分钟。

2018-01-24

污士奇 **22:46**

今天万分不想上班,于是跟主编请了病假,明明知道有着急的书稿,但我就是想休息。

在床上躺到十点才起。觉得我的生活唯有画画方能有所拯救,于是简单吃了点东西,开始琢磨给老爸画个扇面。安排布局,打草稿,正式的线稿和上色,一直到下午四点才完成。每次认真画完一幅画,总有一种感觉:虽然画出的结果与预期很不同,但总会给我一点惊喜,仿佛是画自己生长出一些东西来,超出了我的控制。而恰恰是超出控制的那一点,总会让我开心,觉得自己仍然可以带来很多未知的东西。

我一共长了四颗智齿,下面的两颗起义,早已拔掉了;后来体检才发现,上面也长了两颗,医生说也要拔掉,说没有下面的牙齿对应,以后咬合有点问题。我觉得既然它俩没有闹事,我们不妨各自安好吧,就没有拔。今天偶尔舔到一颗上面的智齿,发现它竟然比别的牙齿长了许多!再舔另一颗,也是如此!我给龙猪打电话说,我上面两颗智齿越来越长,以后不会变成吸血鬼吧?龙猪说,士奇不会变成吸血鬼,士奇会变成剑齿虎,士奇会变成猛犸象。哈哈!

2018-02-04

仙人球爱水 **20:40**

上周去太原了,一口气买了两身春装。最近一直觉得很空虚,感觉生活在停滞,想要努力对抗这种虚无,却又不知道对手是谁。

今天监考一整天,头晕脑胀,可是看到剑齿虎和猛犸象,还是笑出了声,瞬间觉得龙同学好可爱。

2018-02-05

污士奇　　　　　　　　　　　　　**10:20**

亲爱的宝,我这周一直在收拾东西搬家,昨天搬了一整天,家里还是一塌糊涂。

龙猪非常勤劳,洗洗擦擦,购买日常用品,让我很是欣慰。昨晚我整理好衣柜和床铺,洗完澡已是一点。龙猪忙到三点才睡,今早早起送我到车站坐车。真是辛苦他了。昨晚搬到新家,没能睡好。我这阵子的睡眠也不如以前了。希望以后能好好睡觉。

今天刚好看到一个转播,意思是说,要对自己的情绪诚实。不开心就是不开心,不用提醒自己一定要开心。该来的会来,总不是毫无来由的,但这些好的坏的,都会过去。空虚这种东西,也是一样的吧。总要给人家一点空间呀,不然空虚这个家伙也会伤心的吧。

给你带了好吃的凤梨酥,回去见!

听了你的话,我想空虚这个家伙一定很骄傲。

最近发现,感情关系中,令人燃烧的必不能持久,长长久久的约等于乏味,令你兴奋的必令你焦躁,令你安心的也常令你疲惫。然而,最可怕的是,以上这些大家都没有,只是基于现实的苟且,经不起命运随意的一个玩笑。

前几天,我们坐车路过图书馆,菠萝说:"看,这不是图书馆?"小朋友的一点点进步,都让我们异常惊喜。

2018-02-12

污士奇 **21:51**

想想我跟龙猪的感情,也算有一点小小燃烧,但因为年龄的关系,于双方也都有一点余地。我以前觉得,一个人过日子也没有什么不好,现在觉得,有一个亲密的伴侣也真好,可以抱,可以亲,可以蹭。那种切实的温暖感和需要感,是别人所不能给予的。但仍然不想有小孩,无法设想有孩子的生活——其实也能设想,只是不想接受而已。

有时候会想,虽然龙猪缺点很多,但若能与他长久生活,应该也是件不错的事,他的优点正慢慢地显现出来。我心里还是不敢期待太多,过好眼下的日子,我就很开心了。

每次回家,妈妈的身体就比从前更坏一些。她并不愿将自己从家庭责任中解脱出来。我没法帮她,只觉得无力。

仙人球爱水 22:53

我们有时就是在惯性的轨道里瞎溜圈,并没有什么真实的意义。所以我最是会为自己担心,觉得我这么不自律的人,会陷入各种瘾症中无法自拔,毫无灵魂地过完一生。

不过我倒是不担心你,我觉得你已经不枉来世上走一遭了。

2018-07-16

仙人球爱水　　　　　　　　　　　　　　**20:19**

宝，豆邮消失了，我找了半天才发现，原来变成私信了。人总是不喜欢变化吧，或者是我太不熟悉网络，这些变动总是让我摸不着头脑。暑假来了，我却也只是睡睡觉，和菠萝玩耍，这半年多来都是无所事事，最多就是花了更多的钱。想想这些时间，真是可惜。

前一阵看了《我不是药神》，更加觉得，人生只是凭着运气胡乱来世上绕一遭罢了，不由得愈发丧气。

但是毕竟年纪大了的缘故，自然也学得了自我安慰，学得了见怪不怪，学得了得过且过。看过了那么多没有下限的人和事，才发现自己没有了少年意气，却依旧稚气不减。让我们最开眼界的，总是现实和生活。

南湖公园的喷泉很好看，比西安的好许多。有一夜我们去兰亭雅集那里,近近地看了一首歌的时间,觉得一切恰似这声光电的水上舞蹈,有多璀璨,便有多短暂。

2018-07-17

污士奇　　　　　　　　　　　　　　09:51

　　宝，豆瓣最近大改版，我这种网页版忠实用户，也是大受影响，前几天看到"喜欢"变成了"收藏豆列"，所有辛苦标注的标签一概不见，一气之下写信给管理员，然而石沉大海，杳无消息。

　　最近一段时间，觉得好忙，跟龙猪在一起的日子，有甜蜜也有吵嘴。吵架的时刻心灰意冷，觉得一切甜蜜不过是虚幻。但好在龙猪是个勇于认错的家伙，也逐渐懂得照顾我的感受，所以我们现在也还算过得去。

　　在一起之后，感觉陡然多了很多事情。也许和搬家有关，也许是上下班多花了时间，总之是，两个人的生活，远没有一个人那么自由随意。比如看什么电影，得两个人都爱看的才行；做饭也没法凑合，总得照顾食量大的那个。

　　周末才跟龙猪吵了一架，为了中午能吃到烤肉，我辛辛苦苦又切又腌弄好羊肉，结果那家伙嫌我慢，说什么跟我在一起就没做过效率高的事情！真是把我气坏了！一场大气生完，现在他管做饭，让我也体会一下他做饭的效率！龙猪倒是讲道理，勤恳做饭，并没有半个"不"字。

跟妈妈打电话，妈妈要我为龙猪做这做那，被我一概驳回。就是因为她这么无私奉献，才被别人视为理所当然，一辈子都没有自己的时间。家庭生活中，根本就不应该有无私奉献这回事——即便对子女也不该如此。

差不多半年没有画画，一方面在二人生活中消磨，一方面是因为手头有几个翻译的稿子。其中一个是科学类，什么信息图，弄得我很是烦躁，拖延了很久，好在上周交稿；另一个是顺口溜，非常难翻，周末好容易理出一个模样来，还是勉强得很，完全不想继续做了。故事类的绘本翻译我最擅长，我现在在考虑妈妈的提议：是不是还要继续做翻译一类的业余工作？几次翻译下来，其实我从中得到的快乐并不多，成就感是有一些，毕竟出书了嘛。但是因为这项工作，我几乎把画画和写东西完全停滞了，比如给你写信，几乎都是半年前的事了。妈妈是怕我累，所以不想我做。

昨天下大雨，龙猪跑到我公司附近，捉了三五只肥大蜗牛，专门买了盒子和沙子，打算养起来。晚上他做饭，我靠着沙发画蜗牛，觉得这开心很久违了，还是拾起画笔的好。认识的一个漫画家，是素人艺术节的参与者之一，他曾在朋友圈分享这个消息：素人艺术节，是征集无基础绘画者的画，只要是好的作品，就有可能入选，每年一次。今年我没参加，觉得作品还不够好，下半年打算好好地画些画，明年去投稿。不管能不能入选，都要好好画画。这个活动面向全国，如果你身边也有爱画画也画得好的的亲人朋友，可以跟他们说说。

今早大暴雨，龙猪赖着不起床，手机打开"时光一逝永不回，往事只能回味"，邓丽君、韩宝仪、龙飘飘，每个版本都听了一遍。自从看了《唐人街探案》，他就爱上了这首歌。我俩听歌的趣味也是大不相同，可喜的是，都可以听邓丽君和李宗盛，也是万幸。

《药神》我看了，觉得赢在题材，其他表现一般，没把它放在心上。倒是龙猪出差的时候，看了《魅影缝匠》，很有意思，推荐给你。

昨天主编旧事重提，又说我工作效率低，不积极进取，不积极推进自己手里的选题。我真的是很气！我手里都是被加塞的着急要出的书稿，根本没有多余的时间精力去推进自己的选题。如果我手里的活儿能分出去一些，我难道不愿意多花时间来做自己的选题吗？我回答他说，我的时间精力是有限的，又要我快快出书，又要我推进选题，这本身是不能兼得的事情。

主编说，要做成好选题和成就事业，必须要有高压，要做出牺牲才行。我说，这些道理我都明白，但我就是这么多时间，我做不来这么多事情，这是很现实的情况。高压的工作方式不是适合每一个人的，我就是想平平常常、普普通通做个好好工作又能享受生活的人不行吗？结果他说我是他见过最不好说话的编辑，说劝了我这么多次，都是为我好，然而"你还是你"。我当然还是我，不然要变成谁？

我们最近买了一个ACA烤箱，才两百块钱，甜点烘焙什么的我是不会做，就是拿它来烤鱼烤肉。前两次烤羊排和牛里脊肉，都失败了，后来询问小伙伴，才发现烤肉得用锡纸封好，试过之后简直好吃到哭了（有过太难吃的前两次，对自己绝望了，这次好容易弄好了就热泪盈眶了）。主要是非常好做，没有油烟，还很省心。我买羊肉或牛肉回来，切块或切片，用盐、椒盐、洋葱、生抽搅拌起来，放在冰箱一整夜，第二天直接拿出来包好锡纸放进烤箱，不用管它也不会烤糊，四十分钟就有喷香的味道出来啦！好嚼好吃又入味，菠萝应该也可以吃！我还试了盐烤鲈鱼，也是提前用盐、白胡椒和葱姜腌着，到时候直接烤，不用包锡纸，二十分钟烤好！好吃！可以让亮亮试试看！

宝，时间过去这么久，你的文字依然很美！最近在看白先勇的一些文章，说自己跟张爱玲的文字和情怀，都是直接从旧诗词、旧小说、旧白话里来，说中国文字的营养和魅力，说到底都是在旧白话和文言里。我打算返回去把中国的旧文学好好看看，目前在看《飞狐外传》。白爷爷还说，年轻的时候，迷恋欧美文学，年纪越大，反而越觉得本土的文化好。想想看，我近些年来虽然看书不多，但看翻译类的书确实越来越少，大部分时间在看民国作家的书。

看见你说"不由得愈发丧气"，写了这么一大篇。

仙人球爱水 19:31

读完信，我突然觉得你们主编很有趣，以我这个旁观者来看，像极了唐僧，哈哈哈！

很乐意看到你的生活还是有滋有味，还有那么多未完的梦想。犹记得你当初辞职，一心想当老师，转而到了电影杂志撰稿，再北上去寻编辑的工作，从 Y 公司到 H 公司，编辑、翻译、绘画，好多你的爱好成为了你的工作，我很羡慕你那份懵懵懂懂却又倔强的坚持。

从我个人的看法而言，当爱好一定程度上成为工作，尤其又有死线时，魅力自然大打折扣的，如果有人天天跟你催画稿、小说连载时，估计也没那么可爱了。所以我觉得你不该放弃绘本翻译的工作,或者是有选择地去翻译,翻译你喜好且擅长的领域。当然这只是我个人的看法,我和你妈妈都喜欢对你指手画脚——嘿嘿,你听听也就罢了。

话经你一说,我发现我现在写东西成了文不文、白不白的了,不知什么缘故。

保重身体,定期检查,爱你。

2018-07-18

仙人球爱水　　　　　　　　　　　　　**21:57**

我折回去看我们以前的信。看到你写的一天洗一次脸,三个星期不擦皮鞋,心里想,这完全就是我啊。

宝,我前阵子买了林语堂的《苏东坡传》,零零星星地看,也只看到百余页,觉得写得真不错。林语堂的想法那么通透,我由衷佩服,没想到是以这种方式认识了林语堂。

今天特别热,上午出门时,头顶已经是大太阳了,晒得菠萝很焦躁,她生气地说:"我要把太阳拽下来,扔到垃圾桶!"

2018-07-23

污士奇   **08:04**

其实民国的好多人都挺厉害,咱们限于眼界,只了解其中小小的一方面。之前听人讲徐志摩,在许多方面都有造诣、有见解,而咱们只知道人家是浪漫诗人。

样样即将上大学,据我妈说,她再也不看那些教科书一眼。我想想也是,现在常常做的噩梦,还是高中的数学和英语考试。不要说这两门,除了语文外,我别的哪一门都说不上喜欢,当年是幸运不用补习,若是补习,也不知是怎样一种情形。我又忍不住操心她暑假看手机打游戏,为她谋划这些那些,原来人家早已计划好了出游,也是好事。一直当她是不懂事、心智不成熟的小孩,其实人家已经长大了,不用我们太过操心。

家里蜗满为患,六七只肥大蜗牛屈居在龙猪专供的寓所里——其实就是个乐扣饭盒——显然施展不开。龙猪热爱蜗牛,事先削好许多胡萝卜给蜗牛,结果蜗牛大吃之后,拉出来的屎也都是橘红色的一片,这里那里,点点斑斑,真是一言难尽。龙猪的最新计划是,让大圆蜗牛和大扁蜗牛成功交配,看看能不能生出更肥大的蜗牛来。祝他成功。

上周在公司院子里,意外发现了两大盆紫罗兰,我去讨要了一枝,先养在了公司的闲散花盆,每天都要看看它,等它长得满盆满钵。家里的长寿花,一年四季开红色小花,买回来之后没有断过,我嫌它代谢太快,周末一股脑掐掉顶枝,又分栽到两个小盆。薄荷茂盛得一塌糊涂,也萎谢得一塌糊涂,被我掐了放在水瓶里当插花。不过薄荷这种植物也是怪,绿是绿,却绿得不精神,萎悴得很,非常不讨我和龙猪的喜欢。吊兰就不然了,龙猪看它疯长,不但不掐灭它的长势,反而专门找来棍子给它作爬升的支架。我俩可真是植物界的外貌协会啊。

周末在小区遛弯,遇见一只大狼狗,很老成的样子,叼着一块铁牌不放,主人说它半天,又跟它撕扯半天,结果也拗不过它。它咬着铁牌,一脑门子官司,耳朵一丝不苟地竖着,尾巴一本正经地拖着,目不斜视地在小灌木和花丛间穿梭来去。真是一只倔狗啊。

2018-07-24

仙人球爱水   **20:35**

  今天教师招聘入围面试。有个女孩原来在我们学校临时代课，当时我常像唐僧一样劝她好好学习。她学的是英语，但在我看来她基础真的很差，难得的是她愿意听我的，每日都让我出题给她。后来她考了一个其他的公益性岗位走了。今年她好不容易入了教师考试的面试，但今天她给我打电话，说表现很差，她跟我说她好伤心。

  人啊，不努力浑浑噩噩不开心，努力了达不成也不快乐。也许你会笑话我，只有我和菠萝的时候，我会跟她唠叨：人生就是以你所有，换你所愿。

  我觉得我特别像薄荷，整个人蔫蔫的，如果被种在你们家，估计早就被扫地出门了。

2018-07-25

污士奇　　　　　　　　　　　　　　**08:07**

　　如果要说像薄荷，蔫蔫的，也该我是那个像的，每天一点精气神都没有，老在打哈欠。我现在就是主编眼中的薄荷。主编常说，从不见你能风风火火地做一件事，总是不温不火慢慢悠悠，你能不能像某某某一样，能不能燃起来，能不能头脑风暴……诸如此类我已经听出茧子的话。然而我就是这副鬼样子，却不喜欢我这样的薄荷，要把它扫地出门呢。

　　你不像薄荷，倒像是芦荟，浑身一堆尖刺，又爱管闲事，张牙舞爪的，奇谈怪论一堆，喜欢不喜欢都看得见你。我记得那时在学校，某某同学一脸看不惯你又干不掉你的无奈怨毒。现在好像也没变多少吧，哈哈！

　　还记得我们在上海闸北住的时候，在那附近购物广场买的达芙妮凉鞋吗？黄色细条，上面串着彩珠那款，我当时一下买了两双，后来在西安穿坏一双。现在留下的这一双,非常节省着穿,生怕它很快坏掉。我在商场、淘宝反复地找,想找一双差不多的,都难以找到。真是想不通,为什么这么漂亮的鞋子不能多生产一些,反而那些样子难看、杂七杂八的鞋子生产了一大堆。鞋子的款式,不论多好看,生命只有一季,真是让人伤感。

2018-07-29

仙人球爱水   **22:07**

  薄荷你好，我是芦荟。今天回来晚，因为亮亮去新家收拾垃圾了。现在厨房与两个卫生间的墙砖都贴出来了。有一个卫生间的砖选砸了，铺出来巨土无比，结果铺砖师傅说不土，他觉得最好看，好多人家铺的，贵气。我又仔细看了看，唉，更土了。这两天，家里令人烦躁的事情接二连三，让我深感自己情绪管理太不合格了。因为贫血的缘故，我好久既不运动也不看动脑子的书，更加深觉自己很不冷静从容。

  今天下午，客厅地砖也铺出来了，我拍的光线不好，实际效果我们很喜欢，心情又好转了不少。装修选砖就像古人盲婚哑嫁，全靠运气。

2018-08-08

污士奇　　　　　　　　　　　　　　　　14:31

亲爱的芦荟，我是薄荷。

今天大暴雨，又没有出门。申请了今天休息，周日去公司补足工作。

上次你讲一个同事要考英语老师，结果还是没过的事儿。当时就想说些什么，但是没想好。后来想想，大概想说的是：有些事不是努力就能成功的。

这样的情形，在你我的生活中，想必都不少；我的或许更多些，因为我的头脑一直没有你的那么聪明。上高中，上大学，拼死拼活才刚刚上线。工作以后，无论是在《K》杂志，还是在 H 公司，头脑风暴一直都是我的弱项，包括写影评——知识和经验积累固然是重要的一环，但我在发散思维方面，似乎确是不大行的。

我也像别人一样付出时间和精力，或许比他们付出的更多，却并不能得到一个好的结果。我的影评，练了一年多，都写不好；可是我的探班报道，写了一次就被好评，同事戏称我"探班教母"，当时负责"探班"栏目的牙十九特别夸奖我的文字"有现场感"，这个表扬我一直记着呢。我们不过是普普通通的人，各有擅长的技能但又不多，那位小同事也许这辈子都做不成英语老师了，但她一定在别的事情上会有所收获。至于那些我们想要做却做不来的事情，不妨努努力吧，但遗憾重重的事可能以后还会有不少。

2018-08-12

仙人球爱水　　　　　　　　　　　　　　**16:00**

　　宝，看了你的信，我最近其实不大快乐，你的文字让我想到了以前在上海工作的经历，那种烦躁和挫败感又回来了。曾经我以为我是个很有创意的人，所以才愿意去从事广告业，可整个工作的过程是一个漫长的自我否定的过程。我工作效率低也就罢了，本来我就是个慢吞吞的人；最让我难过的是我根本脑袋空空，毫无想法，文字表达能力又是那么弱。我虽然话多，但一遇到和客户沟通就一句话都没有了，即使有小五那么好的上司，我都时时觉得度日如年。

　　在现在的工作中，即便在这个小小的县城的一所小小的学校中的一个小小的办公室里，我都遇到了好几个比我优秀许多的人，她们身兼数职，进退从容。我虽不嫉妒，却十分羡慕，羡慕她们，也羡慕你，羡慕那种坚持的勇气，哪怕有时是倔强也好。

　　我不是你，我是向人生认了怂的人。现在我一年思考的时间估计都没有你一个月的多，从来都不是一个踏踏实实享受时间，而是一再放空、一味退缩的人。一努力就会很累很疲惫的自己，做起事来毫无章法、磨磨蹭蹭的自己，我却也不十分讨厌，就是有一种长久失望之后的听之任之。

不过，因为没有了曾经工作中的紧张感，我现在偶尔写稿子，倒是比从前有把控力了。这也让我发现我一直是小孩子心态，玩玩可以，当要独立承担后果的时候，要孤军作战的时候，我就一点担当都没有了，始终抗不了压；还特别容易陷入情绪里，代入感特强，很难理智温和地去解决现实问题，总是把矛盾扩大；有了以上两种毛病，日常还总是自以为是，喜欢对别人指手画脚，好为人师。

最近零零碎碎的问题，逼得愚钝的我都不得不看清了自己的真相，宝，我要理一理自己，不然留给自己的遗憾就真的太多了。

小五总说，一般工作还到不了拼天赋的时候，多半还是跟自己的积累、处理问题和对待自己的方式有关。这半年，我有点信这个了。我们都是优缺点太过明显的人，所以内心的挣扎可能要比旁人多，但我要向你学习，不能坐以待毙。

2018-08-15

污士奇 **10:03**

宝,我最近也不大快乐。

工作上的问题还在其次,因为我能做的必然可以去推进,而不能做的,也会比较快地得出不能推进的结论。能就能,不能就不能,问题的解决比较痛快,没有太多需要纠结的时刻。

问题还是在生活上面。我和龙猪在一起也时间不短了。最近吵架的次数越来越多,生活习惯不合,审美不合,消费观念也不合。每逢这种情形,当然我以为我是最正确的,他也以为他是最正确的,往往因为一件小事吵起来,吵完后的妥协也未必心甘情愿,于是又暗暗孕育了新矛盾。这半年来,我觉得好累,每次沟通都不彻底,只是解决了引发吵架的那个问题。常常我所说的他不能理解,他所说的我不能领会。吵着吵着,只觉得有鸡同鸭讲之感,颇为无力,自己费力要去说明的一切,对方都理解到另一个方向上去，连话都彼此讲不清楚，这样一起生活还有什么意义？

不知道是不是和你在一起的时候，惯坏了我。我们虽然也有生活上的矛盾，但好像总是有说不完的话，你说的话我明白，我说的话你明白（至少当时给我的感觉是如此）。虽然我们后来分开，但那段时光确是我这辈子都怀念的。在我的身边，再没有出现像你一样的人了。偶尔遇到几个朋友，有所共鸣，但又有谁能像从前的你呢？

和龙猪在一起，是有很多甜蜜时光。可是，种种问题出现时，我又怀疑自己了。我可能已经习惯了独自生活，所以两人不习惯；让我一直一个人过，又觉得寂寞孤单，又想要有个人陪我；有一个人陪我了，我们两个的共同语言却很有限，更多的是观念不合。他常常有些地方，颇不入我的眼，但我心里也知道，我不应该按照自己的标准去改变别人，这样不好——很简单，当主编要拿他的标准来改变我时，我的反抗大概比龙猪还激烈。可两个人朝夕相对，我却难以容忍他的很多我看来是问题的问题，彼此间的言语抚慰又很苍白，这怎么办才好呢？是不是我们还是不合适？

吵架的性质也在变化，一开始吵得歇斯底里，但冷静下来还会真诚地去分析问题症结所在；后来吵得没有那么凶了，但彼此也没那么真诚了，多的是厌倦感，谈话结束，表面上恢复平静，但问题还在那儿。

算下来，龙猪妥协的次数比我多，总是先跟我道歉。可我总会有新的不满意的地方，而且是越来越不满意。我是不是在滥用他的妥协？我又疑惑他的妥协都是权宜之计，随时准备重犯，就像他那么不喜欢洗手，每次能躲就躲一样。

还有一点隐忧是，同居生活好像也在让我一点点失去自我，总是忍不住要纠正一些生活问题，总是忍不住要替他操心这些那些。龙猪有次不合理地抱怨说，自从和我在一起之后，他就不怎么锻炼身体了，可是我周末要他跟我跑步打球，他又各种不情不愿。真是不知道他到底要什么。而我跟他在一起后，就没有正经画画了。最近重拾画笔，画了几件T恤，件件都很失败，想象力也在消退，形状游戏已经不太会玩了。我想我不该抱怨生活消磨我，我自己没有坚持的因素更多，如果真心要做，总会想办法去做的。但还是觉得沮丧。

宝，刚才去打开窗，北京热了这么多天，今天终于感觉到秋风了。爱你。

"我想我不该抱怨生活消磨我,我自己没有坚持的因素更多",宝,你这句话说得真好,让我一下明白了我的问题所在。

所谓"灵魂伴侣"这个东西,到底有没有呢?不好说。最近我们在装修,人家说装修的时候可以离一百次婚:我喜欢白,他喜欢灰;我要黄铜灯,他说不搭配……嗯,滚蛋吧。两个人过得好完全是妥协的艺术,世上的事本质上都是交易,我们总是想获得自己更想要的,如果妥协值得,我们就会妥协的。

虽说恋爱是一个男人善待你的高峰期,之后会股市崩盘式下降……但喜欢这个东西,还是骗不了人的,直觉会告诉你的。

明天菠萝同学就满三周岁了,她总说秋天树叶落的时候你就会回来,你可一定要回来看我们啊!爱你,祝你平和。

2018-08-27

仙人球爱水　　　　　　　　　　09:35

宝，我们昨天带菠萝来太原了。我今年可能会参加县里的教师节晚会。我们学校的节目就类似《朗读者》，一共有四个人，其他三个的普通话都特别好，还特别聪明，还有一个更聪慧的编剧——所以我和他们在一起，一方面觉得自己很衰，一方面觉得自己要很小心，要不然分分钟就是个笑话，这种感觉如何呢？说不上好，也说不上坏，就是怪怪的。

今天去儿童公园，里面的老人家有拉二胡的，有练拳的，有唱京戏的，有吹萨克斯风的。我们一行人去喂锦鲤，还有小小的野餐——其实就是孩子们吃了火龙果，喝了盒酸奶。各色睡莲开正好，浮生半日，一切美好。

2018-09-15

污士奇 **10:58**

亲爱的宝,又有大半月没写信了,最近一顿忙乱,常常动用周末时间来工作。做完之后又是沮丧,觉得自己规划的个人事务没有一点进展,这种情况已经延续了一段时间。

最近借了一本亦舒的短篇集《家明与玫瑰》来看,各种小小情事,有点像收集来的故事,自己又讲了一遍。看起来很轻松,也有可供回味的地方。虽然不是大师之作品,但在紧张生活中,实在无法继续看契诃夫了,太累。看看亦舒,反倒是一种休息和调剂。也多少理解她的小说为何在香港那么红火了。那满满一壁的作品集,本本都有人买,真是老天爷赏饭吃。看完一本下来,又觉得亦舒跟"三言二拍"有点关系,一种很质朴的相似,大概都是故事讲得入胜吧,不然我不能好几次坐过站。

和龙猪的吵架基本每周一次,基本发生在周末,基本一吵架就翻脸,基本翻完脸似乎又过去了,继续开始新生活。我已经懒得去回顾这些了。最近跟他一起开发了一个好习惯,就是晚饭后散步半小时,不用看手机看电视。夜色真的是温柔的,即便北京这种红红灰灰的夜色也是这样,可以平复很多躁动的情绪,而且常常看见有趣的东西。白天看不见的漂亮猫,夜里都出来勾勾搭搭;原本以为拉布拉多脾气很好,结果我们遇见的这只对狭路相逢的苏牧大打出手,把人家的项圈都扯下来了;龙猪在路边发现一摊细软沙地,立马兜了一包回家,给蜗牛铺窝。总之,黑夜的美好,许久没有尝过了。

我一直想学一种乐器,最近看到有一个尤克里里(感觉是小型吉他,平平以前学过)的体验课,很想跟龙猪去试试看(他也有兴趣,想学吉他)。如果不太难,就学起来。只是配音课一直没有启动,还是想等下次辞职,好好休息三个月,在那期间去学。配音课的课程比较重,我希望能多花一些精力用心去学习,也对得起那些学费。想到这些,就觉得北京还是挺好的。

刚才看到友邻说,都说人间不值得,其实人间还是有点意思的。先说到这里,亲亲菠萝!

2018-09-16

仙人球爱水　　　　　　　　　　　　　　**09:47**

亲爱的表姐，今天是阴雨天，希望国庆节可以是金色的吧。我们又开学了，每当这段时间，就会想起泰戈尔的《生如夏花》，出于私心，我极力推荐了这首诗作为教师节表演的内容之一。

生活依旧是那样细细碎碎，像可爱的龙同学的蜗牛与细沙，密密麻麻又迟迟缓缓。我们学校有尤克里里社团，我去拨弄了两下——我这个没有音乐细胞的人，最大的音乐爱好也就是和你唱歌了，所以触到那么硬的弦时，我便放弃了，因为我还是更爱我的小嫩手。

我好久不看亦舒了，最近看的都是菠萝的小人书，其中《不来梅的音乐家》最打动我，也让我想到了你。人生有梦，便值得庆贺，还有想做的事，便值得喜悦。

亦舒诸多小说，我最喜欢的好像叫《我们不是天使》,亦舒的情节是平淡中又有一丝吸引人。

愿周末不加班,愿人生日日是周末。

2018-09-17

污士奇　　　　　　　　　　　　　　17:55

独自去郎园听了一场讲座,主讲人唠唠叨叨,让人不但不耐,而且非常后悔。散场后出来,发现附近有一个超大的沃尔玛,立刻进去扫荡一圈,几经纠结取舍,买了港式烧鸭、樱桃谷鸭和藤椒烧鸡,以及两大包没吃过的印尼泡面。回家后,分别尝了尝,发现樱桃谷鸭味道极好,将最近的沮丧挽回一点点。

特别想放假,但最近工作高压,我有任务必须要放假前完成,心里多少有些忐忑,放假前的这两周,估计过得不会轻松了。

切盼休息,切盼出行,切盼回家,切盼见你。

2018-10-12

仙人球爱水　　　　　　　　　　　　**20:41**

最近在看汪曾祺的《一辈古人》,讲起西南联大能培养出如许多人才的缘故,归结为自由——看过更是无奈,索性把书塞回书柜,换了本《红楼梦》出来。看了毕飞宇的讲稿,很想看看《水浒传》,但又鼓不起勇气,总觉得自己又会半途而废。

也只是发发牢骚罢了。

祝你周末愉快,抓住秋天的尾巴。好好工作,不要耽误回来的行程,加油。

2018-11-17

污士奇　　　　　　　　　　　　　　　　　　18:07

亲爱的宝,最近添了很多事情,想想上次给你写信,已经是一个多月以前了。

还记得我们在上海时,有一副简易的黑白棋吗?(其实我的记忆也不清楚了,隐约记得是有那么一副,棋盘是蓝色的塑料布。)我和龙猪常去的影院旁边,有一个家居店。有一次逛到三楼,看见楼梯边小桌上布置有精致围棋棋盘和棋子。我们一时兴起,下了好几盘,虽然下的是五子棋……但也很过瘾。

后来一直惦记着,就买了一副竹木的棋盘,瓷制的棋子,沉甸甸的,很光润,装在漂亮的草编篓子里,很是赏心悦目。果然,有质感的东西,就会想去用它,假如买的是塑料棋盘和塑料棋子,估计也不想怎么玩。但现在有这么一副好棋,有事没事都想去把玩一番。我和龙猪每天吃罢饭,只看一集《风骚律师》,就收拾碗筷去下棋,至少杀三盘。

除了下棋，我还买了一把入门用的民谣吉他。现在每天下完棋，就是练琴，来来回回，勉强可以弹《小星星》《小蜜蜂》和《生日快乐》了。前不久看到一位友邻晒图，一个美国大叔，曾是"二战"士兵，没了右腿，成了流浪汉，但始终带着自己的吉他。又看《风骚律师》，一间大律所的老板，每天都要把吉他拿起来弹一弹，他说生活这么累，有吉他可以弹，多少可以纾解一下。又有一位同事，从前是学器乐的，现在的工作是做营销，工作压力大，还常得跟难缠的客户打交道，心里添堵的时候，就回家弹她的巴赫。我不敢奢望能弹巴赫，也不知道以后能弹成什么样，只希望以后可以有这么一件东西，心绪佳或者不佳的时候，都可以让我弹一弹。

我的生活没多大改变，烦恼还是一样多，工作还是一样多，想画的画还是没怎么画。很多改变也许从一个晚上睡觉的钟点就可以做到，但我一直没能做到。不如我今晚再努力一下吧。

PS：原本是有很多牢骚要发的，但隔了一两个星期，反而忘了大半，也懒得重新去回想。没有把旧相知（画画）照顾好，倒是跟新相知（黑白棋、吉他）热络起来了。也算是做了些事。总比什么都没做好些。

2018-12-10

仙人球爱水   **19:59**

宝，我最近每天都会想到你的那句"我不该抱怨生活消磨我，我自己没有坚持的因素更多"，至少一次。

今日惊觉马上要奔四了，人生的日子已经相当有限，突然被一种深深的呆滞感包围。我几乎已经向人生缴械投降，机械应付着生活中来来往往的人事，没有多紧张，没有多兴奋，也没有多期待，安安分分地做一个低到尘埃里的蚂蚁。我比之前更加爱说些无关痛痒的闲话了，借此填充空洞的生活与工作。这样的自己我并不欣赏，但居然也不痛恨，你说这是不是就叫没救了？

污士奇   **20:55**

这一年来，明显觉得自己在老去。我把所有的高跟鞋都送了人，皮鞋都丢掉了，只留着在上海和你一起买的小黄皮鞋,权当纪念。我现在一穿跟略高的鞋子,都会觉得膝盖和脚踝累,连累腰也会痛。今年冬天买了人生第一双雪地靴,舒服热乎,虽然不好看,但以后怕要仰赖它陪我度过所有冬天了。

萝贝贝常说,要接受自己容颜老去。然而岂止容颜,我们的体力精力意志力,也是在慢慢变老的,不可能永远像年轻时那样。接受自己慢慢衰弱的现状,接受自己对生活的妥协,不是什么羞耻的事。

怎么能说自己已经对生活没有期待了呢?你对我说了上面的一大篇,说明你不但有期待,还期待很多。只是不要对自己要求太多。在上海时,你常常这样要求自己,甚至这样要求我——令我不胜其烦。其实我想说的是,不要太辛苦自己,做些力所能及的小事,就很好。

如果觉得生活太过无聊,我有两个建议:一是,出去玩一次,不拘远近,本地也有好去处,咱们可能都没去过;二是,花钱报一门你想学的手艺课。

晚安!

2018-12-17

污士奇   **23:42**

亲爱的宝，今天早上看到你的消息，一时间想了很多。当时激起很多思绪，可现在，疲累的我只能想起什么说什么了。

我想起之前看到一位友邻说："靠工作来实现个人价值，这种想法最好是放弃比较好。最重要是先活得像个人样，然后才能实现自我。要高筑墙，广积粮，缓称王。"

说实话，我不能完全同意这样的观点。我们都是普通人，都要面对生活的消磨，但有多少人能忍受多年消磨还不放弃目标呢？所以一份有意义的工作对于我们来说，本身就是寄托。换回十年前，不论有没有安稳的生活，只怕我还是会选择辞职考研，你还是会选择去广告公司。如果在年轻气盛的时候还不能做出这样的决定，就更不必说以后了。

可是，即便是走出了这一步，能否坚持继续走下来呢?即便是坚持继续走下来了,是否还抱有当初的愿景呢?现在的我没有这么笃定了,特别是这一两年来,发现自己颈椎僵硬、腰椎间盘轻度膨出、胃病时不时重犯、膝盖轻度磨损、大姨妈极不规律、精神常年不好等毛病之后。我觉得自己已经成了一辆千疮百孔的老爷车。面对铁打的主编和强大聪明的同事们,我完全就是个怂蛋。我现在最大的愿望是休长假,有时候会想:如果能在一个舒服的小镇,找到一份轻松的工作,不拘什么工作,合法正当,养家糊口,就很开心了。

换作是多年前的我,看这个小梦想,一定会嗤之以鼻。但现在的我不这么觉得。谁不想要舒适的生活呢?特别是我这样一辆老爷车。

我从前常常有宏伟的计划,比如每天要画一幅小画,每天要给你写信,但后来发现:也许每周一次更现实些;再后来更发现,可能都要两周一次了。这又有什么办法呢?因为每天吃过晚饭看一集剧洗洗涮涮之后,就已经精疲力尽了。最近很少看带文字的书了,小说、诗歌、散文都不看,反而爱看食谱书,看看上面怎么做好吃、快手的食物,看得肚子饿流口水,浮想联翩,周末便参考来做一做。看食谱书算虚度时光吗?也许算吧,但现在的我需要食谱书来抚慰疲惫的自己,又有什么不对呢?

关于年龄和时间，我没有太多的感觉。反而常常计算，如果到了四十五岁，社保就满十五年了，终于缴够了养老金的年份，并且想着退休后，我能过什么样的生活。想做的事，当然还很多，想画的漫画有三个，想画的大画有十几个，想画的小画有无数个。想去周游的列国数量不断增加。晚上练吉他，到和弦转换的部分，非常枯燥，没有进步，不知能不能坚持下去，不知何时才能弹卡农。这些想做的事，罗列了好多好多，但究竟能不能实现，还都是未知数——就像从前答应你的《言叶集》，直到现在还没动手，唯一欣慰的是，我还记着这件事。

有些事情，我以前觉得一定要做到的，现在不那么执着了。我们都不过是普通人，精力和意志力都有限，更何况想法和计划还常常变化。眼下想做且能做的事，不拘大小，做一做也是好的。我现在把早起叠被子都看作是一个小成功。我不知道我做得对不对，我已经不想给自己加太多压力了。那些计划，那些想法，能做则做，不能则罢。这些生活，每天重复看稿子、写文案、各种交涉，回来做饭吃饭洗脸睡觉，每天都要重演一遍的交通堵塞、地铁排队和雾霾，这些生活，既然逃不开赶不走，就让它们在这里吧。

龙猪是个善于发现的好同学，陪我去上吉他课的时候，他发现一处好公园；去看电影的时候，又发现一处好山庄,居然就在奥森的对面。这几日他辞职在家,专心侍弄刚孵化的一窝小蜗牛,我有时候觉得他无所事事、无所用心,但想想,侍弄小蜗牛也是要用心的啊,又不是只有奋斗事业、学习知识、造福人类才算用心。

宝,我知道你的时间和精力被占据很多,但有空还是要多出去走走。前不久看到一位友邻晒山西一座观音庙的泥塑,蔚为壮观。旅行这件事,也未必要一定求远的。

最后还想说的是,我们可能都在一个不太好的关口。但也许没有我们想象的那么不好。亲亲!

2018-12-18

仙人球爱水　　　　　　　　　　　　　　**13:14**

宝,谢谢你开导我,我的生活一直太过空洞。我跟你和亮亮又有不同,你们是能沉浸于生活乐趣中的。我是个好高骛远的人,又爱说闲话,很容易成为无头苍蝇,漫无目的地送走所有时间。想要结果又不愿意承担责任,想要收获又害怕付出,真是作死的典型了。

宝,谢谢你,虽然相隔很远,但你了解我,也能宽慰我。年龄越大,越容易理解我们的母亲,她们都是那么聪慧、那么真诚,生活给她们的馈赠反而比给别人的更微薄,她们同是那样虚弱,同是那样所求甚少……

2018-12-21

仙人球爱水   17:46

    宝,我今天请假在家照看菠萝。听从你的建议,我自找乐趣,和菠萝一起开辟出一个图书角,把她的一部分书放在这里。这里原本是放杂物的,解锁了这一个空间后,觉得很有成就感。

    我和菠萝今天下午的整理成果,亮亮说估计可以维持一晚上,哈哈!他录了一段视频发到群里,我婆婆说从来没见家里这么整齐过。我想起你洗衣服时说的,觉得洗完之后干干净净很有成就感。后来我做清洗整理类的事情就有了动力,觉得虽然还会再脏再乱,但整理的意义就在于它们条理整洁的过程。想想人生的绝大多数事情也都是这个道理,不为一劳永逸的结果,就是在让自己快乐且崩溃的过程中消磨时光。

    PS:菠萝每晚睡前都会说"可是我一点也不困啊",过十分钟就呼呼大睡,看来晚睡强迫症是天生的。

2018-12-27

污士奇   **11:59**

昨天晚上又跟龙猪吵架了。

我买了一种好吃的红杏干,他一口气大吃了半袋,结果我问他好吃不好吃,他说了个"勉强吧"。他老是这个样子,我常常兴兴头头弄一个东西,问他好不好,他就说:还行吧,凑合吧,勉强吧。他养蜗牛、做饭、出去散步找条新路,我总是真心地夸赞他,他为什么不能也多给我一些真诚的赞许呢?

我不知道是我要求太高,还是他性格就这个样子。这样时间久了,真的让我不大能提起兴头来做一些事情了。我昨晚想起你从前说,太懂事、太会照顾伴侣的想法,也是不好的。我不禁想,是不是正因如此,才换来这样一个个的"勉强吧""凑合吧""还行吧"。

龙猪常常给我负面的评价,虽然每次吵完架,他也会略微改改,但总会有新的案例冒出来。真是一个从来不愿意去深度反省自己的人。他觉得每次他跟我认错,都是在努力控制他自己的情绪,并努力迁就我。我一试图跟他讨论一下背后的问题,他就异常没耐心且恼火。

虽说如此,龙猪倒常做家务常做饭,碰到我生气也是尽量哄我。但有些事还是让人恼火。我想,有些事情还是不问他的意见,只管自己想做什么做什么,这样也许大家感觉还都会好些。

龙猪在阳台一个大花盆里种了小青菜、小葱和蒜苗,其实就是菜市场买来插进去的,没想到也都活了。日常拌菜,小葱和蒜苗各掐几茎,没几天就长出新的。小青菜长得尤其旺盛,我这周煮挂面掐了来吃,味道不错。接下来准备少种些韭菜,还想买点生菜种子,试着种种看。

妈妈教我一招自己发酵肥料的方法:淘米水装进一个大玻璃瓶,盖好盖子放在暖和地方,一周就能沤好,味道也不重。浇肥时用水稀释开,每盆都浇些。

2018-12-28

仙人球爱水　　　　　　　　　　　　　　**20:52**

宝，以我的经验看，龙同学的反应很正常啊。因为亮亮就是这个德性，一年都不会夸一句，难得说个"好"。但有时候也靠着他的客观，给我一些启发与帮助。

人的性格是大不相同的，我惯常喜欢欣赏与赞美，但亮亮擅长泼冷水搞讽刺，现在结合龙同学来看，估计这是直男特性吧。而且越是亲近的人，他们说得越直接——死直男！

女人大多从别人评价中来获得一些满足，尤其是身边的人，所以难免会有落差。这也是为何女性的情绪性疾病会高于男性，我们太容易被他者与外物左右了，情绪波动太大，反正我就是这样。但我也确实不觉得做人——尤其是当伴侣———定要善解人意、一味付出。

有些我们抱怨对方的问题，他们确实是有问题，但也不排除是我们自身问题的投射。

你也要学会调节情绪,不为什么,仅为了自己的健康,甲状腺深受情绪影响。

今年我和家人连续生病,我向亮亮抱怨今年诸事不顺。亮亮则否认,他说我们今年装修了新家,他调动了工作,完成了许多大事啊。我想想也是。这就是一个悲观主义者和乐观主义者的年终总结。

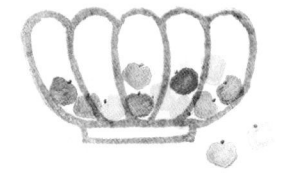

2019

这一年,仙人球爱水养起了污士奇送的小蜗牛,在办公室开吐槽大会,跟学生交流职业理想,无限循环《知否》;污士奇再一次厌倦了工作,给自己放了长假,旅行,画画,练吉他。

怀念某段时光,
便会不由想起那时的吃食,
其实,不过是胃替心在惦记罢了。
　　　　　　　——仙人球爱水

2019-03-24

污士奇 **21:49**

亲爱的宝,最近好累,一连好几个周末加班,在休息时间接到工作消息更是家常便饭,烦躁得很。希望下半年可以辞职,休息几个月。

我这样的一个人,不愿意花更多时间在工作上,想多照顾自己的生活和兴趣爱好,这样一个模式,在H公司原本就不太被接受。这里鼓励为理想献身,要你对工作有无限热情,至于你的身体和生活,你的精神状态,只有自己来保重。而我的热情,已经在无止尽的赶工中消磨殆尽了,永远是疲累的状态。新近有位同事离职,谈起很多公司里的事情,七七八八,鸡毛狗血,倒是哪里都会有的事儿。只是这里人才济济,不是我这样普普通通的人能长久坚持的地方。试想,身边都是优秀的同事,比你聪明,比你效率高,还比你工作时间长,你如何拼得过人家?根本没法比,但又没法不去比。在这里,没命工作只是通往希望的一个基本要求而已。我决定要放弃了。手头积攒的书稿已经陆续编完,我打算做完就直接离开,配音课报名的时间也快到了。

想想未来将有这一天,有点激动,终于要去学配音啦,终于快要离开这里啦。

仙人球爱水   **23:02**

宝,我拿你的画当书签,我同事看到了,感叹得很。她以前是美术专业,学校急缺语文老师,她就教了语文。她感慨自己把这些爱好都扔掉了,十分遗憾。

想到你能去学配音,我也很激动,想起了我们读书时瞎折腾却又快乐而难忘的种种,仿佛还在眼前。

你本就清醒,年龄渐长,越发知道自己想要什么、如何安排。我很佩服你这点,你真的算不枉此生了。

有好多话想对你说,却也不知从何说起。蜗牛长胖许多,不过全靠我公公照应,我好久没注意它们了,今天一看,不禁要流出长长的口水和虚伪的内疚。

天真冷啊,一点春意也没有,我觉得还住在冬天里。

2019-05-15

污士奇　　　　　　　　　　　　　　　　**16:47**

亲爱的宝，不只是你的蜗牛，我的蜗牛也长胖了。龙猪在饲喂方面很是专心，谷物啦，钙粉啦，各种多元维生素配料啦，倒是比喂他自己还上心。几个月下来，十多只蜗牛长得肥大异常，排便日益增多。龙猪每天回家第一件事，要么是喷水，要么是喂食，要么是铲屎。他有一阵子觉得累了，问我："你还有没有亲朋好友想要大蜗牛的？我们送几只给他们吧，要养不起了。"我说："没有。"他又说："我们爬山的时候，带几只去放生吧？"我说："不怕物种入侵破坏生态吗？"他赶紧说："怎么会？这种是温暖地带的蜗牛，在北方野外活不了的。"我说："那好吧。"结果今天突然看到博物杂志的一个帖子，呼吁大家不要随便放生外来物种，举例中即有一种南方生物，到了北方之后照样适应得很，大肆繁殖为害。我赶紧给龙猪发去跟他说，咱们还是让蜗牛在家里寿终正寝吧。宝，你也记得不要把蜗牛放生啊。

上周六递交了辞呈,本月就可以结束工作。

昨天下午从两点睡到四点。今天上午手欠戳了一个新的八卦公号,结果贪看八卦一直到十一点多。哎,一旦放松,自制力土崩瓦解。

2019-06-01

仙人球爱水   **17:42**

    宝，春天来时，我买了一双小白鞋，一开始三天，我每天一洗，甚至中午还要擦擦，还顺带洗全家人的，三天之后，我就放弃了，一个礼拜都未必洗一回，实在忍无可忍了才洗一回，今天洗时鞋子也渐渐发黄了。

    至于蜗牛呢，我连当初给它们起的名字都忘了，每天都是我公公在照顾它们。想想我真的没有什么坚持下来的东西，一样小小的事都没有，想想你坚持画画，龙同学耐心喂蜗牛，我实在是对自己无语了。

2019-06-02

污士奇　　　　　　　　　　　　　　　　**22:53**

前两天等公交的时候,回想我在F公司和H公司的这两次离职,离职原因其实有一部分很相似,就是未收到正面的肯定。想起来,主编固然有他的问题,但我自己也重蹈覆辙。我总是对自己的工作成果不自信,需要别人的明确肯定才行;然而又太拘谨羞怯,不愿意去与上级沟通这些事,自然也不知道别人对我的真实评断如何。如果到哪里工作都企望遇到一个情商高又热情的上级,显然也不大现实,所以归结下来,是以后要怎么去面对工作的问题。

有些事情我也想明白了,如果能做到忽略别人对我的看法,专心工作,我就会比较放松,也不会那么有压力。如果我的下一份工作,能从不拘谨、不紧张开始,能有话就说、有问题就沟通,就算一个崭新的开始了。

接下来的时间,我计划回老家住两周,跟爸爸在村里度过。我好久没回村,难得有这样一个假期,计划回去避暑。逮个周末去看你、菠萝和胖头鱼。

还有两件事,一是搁置了许久的吉他课,一是配音课,差不多可以同时开始,我得准备支付一大笔学费了。以前想过要做配音演员这个职业,现在却明白转行没那么容易,配音是一项日积月累的技艺,这次去上课,只求能学习一些基础,有一些体验就够了,机会什么的看缘分吧。

之前积累了一些小小素材,想画成画;也有一些日常的小故事,想画个简单的漫画。也许前者还比较容易,后者肯定难。也希望能在这个假期实现一点点。找工作的事情暂时不去想,既然有假期就好好休息,补充精力和热情,也为了有更好的状态面对下一次机会。

新近收获了一个小技能,觉得非常有用:新买的小米手机上,有一个"便签"的功能,龙猪曾专门给我介绍,但我根本没放在心上,这两日才想起它来。我常常想到一些事和一些话,如果不记下来,定会忘得一干二净。想起曹老师随身带小本子的习惯,我也曾配备过便携的纸笔,但几乎从来不用——要在包包里那乱糟糟一堆东西中翻找出纸与笔来,本就不容易,更何况要在地铁或车站的人群中掏出这两样东西来书写。而有了手机上的便签,就像敲短信一样敲下所思所想，随手就能保存，查找也很方便。今天的一大篇，想跟你说的几件事情，都是在等车或坐车的无聊间隙，临时记在便签上的。真是意外的收获。

2019-06-03

仙人球爱水 **22:09**

宝,我用的是锤子便签。也是这几天才用上,因为我好像没有灵感了,还有一阵子我会用微信语音,边走边说,直接转换成文字。

这些年一直在讨论原生家庭。我前天跟亮亮提起,觉得你作为一个普通人已经很优秀了,你直接考上了本科,工作后还考了研,但你似乎从未得意过。我想,可能是你从小获得的肯定太少了,看起来是低调,但也许是不信——不敢相信自己优秀,不敢相信自己值得有更好的人生境遇。

但这似乎是大多数人的常态,只不过你的症状尤甚。连小孩子都是这样,所以我习惯把学生拎到讲台中央回答问题,我老提醒他们别把自己当回事,除了自己,没人在意。大概也是在自我催眠吧。

"怀念某段时光,便会不由想起那时的吃食,其实,不过是胃替心在惦记罢了。"这是我便签上的一句，我当时十分想念蛋包饭和草头，还有亲爱的谢耳朵姐姐。

2019-06-04

污士奇　　　　　　　　　　　　　　　　**15:09**

宝，关于吃食的话，你写得真好。

我新近在收拾不常用的书寄回家。有些是责编的样书，早已看过很多遍，不想再多看一遍，就打包寄回家去。还有些是买了要看、看过之后并不打算看第二遍的书，就卖给二手书店。

还有些书，总也看不完，看完了也肯定不会卖，打算常留在身边的。有弗雷泽的《金枝》、波伏瓦的《第二性》、霭理士的《性心理学》、蒲松龄的《聊斋志异》，以及一本袖珍的《唐诗三百首》（里面还夹着当时和你背诗时的小抄，以及一页钟嵘《诗选》的复印件）。这几本都是在上海买的，是兴趣所在，更为我的论文做了贡献。还有几本《K》杂志，上面有我写的豆腐块。还有一本书，可能这辈子也不会看，是曹老师编校的一本诗选，有他的亲笔题赠，还有一张用他的毛笔字设计印刷的我们大学的信笺及信封。

这些书，大概很久都不会再去翻看了，但我每次收拾东西，总要留在身边。你常想起蛋包饭和草头，我常舍不得眼前这几本不看的书，因为看到它们其中一本，就想起过去一段时光来。

2019-12-14

污士奇　　　　　　　　　　　　　　　　**22:46**

亲爱的宝，真难想象啊，我竟然有半年没给你写信了。

我这个悠长的假期就要结束了，下周一要去附近的一家公司上班，还是老本行。

但我报名的配音班，迟迟没有消息，最近才公布消息说会在明年二月开课，而最终学员名单要在一月才能确定下来。本来计划在假期完成的这件事，只好推迟到了明年，还得看我在不在名单上面。而H公司只能帮我代缴社保到十二月，明年一月就要自己想办法了。只好赶紧找一家单位落脚，能交社保，谈好了是兼职，能为之后的配音课留出点时间来。真是没有事事都顺遂的说法啊。

目前勉强学会了四支吉他曲子，正在学练第五支，但弹得不好，一直没给你录音。吉他指弹很容易暴露技术弱点，我现在对单独弹下任何一支曲子都没有自信。

这次假期给自己定了很多目标,比如画画。然而这个假期,我是一张画都没有画。总觉得要多花时间练琴,然而真正练琴的时间也不多,一天弹两小时就觉得累了。累了之后,又会跟自己说,都这么辛苦练琴了,实在不想再画画了。

算下来,真正达成的每日目标,其实只有三个:一是每天快走一小时,二是每天看一部电影,三是每天两小时练琴——加起来,也差不多五小时。另外的时间就在床上刷微信、刷淘宝,闲得发呆,以及买菜、做饭,一日三餐。好吧,也就这样原谅了自己。不过,最愧疚的是几乎没有看书。这几年来,我的看书时间基本都是在地铁上,在家里总提不起看书的兴趣。休假时间不需要通勤,看书时间竟然也消失了。我以为读书已变成我生命的一部分,现在这重要的一部分竟然被网络热帖和《吐槽大会》取代了。写信更加少,今天终于给你写了半年来的第一封信。

受各种热点事件的影响,我看了好几篇关于控制型伴侣的人格分析,发现龙猪有两点是中招的,比如倾向于否定伴侣、缺乏自省精神。不过,几场架吵下来,我倒还比较放心,他虽然有这两个缺点,却愿意考虑改善说话态度和对待矛盾的方式,为了避免两个人产生无谓的冲突,他也愿意想法子控制自己的脾气。仔细想来，我可能也有一点点问题，有时候会太相信自己的判断而否定他。看来，在了解自己和自省的方面，我们两个都有很长的路要走。

虽然有种种不如意，不过我还比较满意目前的生活状态，感觉我们的磨合期在慢慢度过。跟龙猪在一起之后，我变懒了一些，也变重了一些，因为吃得更多了。

2019-12-22

仙人球爱水   **12:30**

宝，2020都快来了，我们居然这么久没通信！

自九月开学以来，我一无所成，没有目标，成绩垫底，满是怨念。想想也只能为孩子们造一个良好的小环境了，按时下课，作业布置越来越少，跟他们分享趣事趣闻，还花了整整一节课把你求职的故事讲了一遍，对他们进行了职业理想教育。这些孩子着实可爱，但不少家庭环境极差，离异的、留守的、单亲的，让我惊觉原来一个小县城的离婚率已如此之高。我倒不是贬低离婚的人，我们大多是连自己的人生都打理不好的，更别说教育一个甚至多个孩子这么繁重的事了。

看看你能坚持这么多事，我想想我最近只能坚持每周上六天班，晚间和菠萝一起跳个操，每天批改学生日记并朗读，看了两本杂志、一本书，写了一篇文章，无他了。

你的控制性伴侣人格分析里的两项，亮亮也全中，这完全是大多数死直男的通病好吧，我公公也是，我老爸则占后一条。我两条都不占——嗯，我很优秀。

还有，我坚持看《知否知否应是绿肥红瘦》，看完电视看小说，无限循环，不知为何，一看就能静下心来，明兰的人生观，真的太励志了。

宝，你的工作也太好找了吧，这几年工作没有白做，大年底都能找到工作，我原本惦记着你早早回来过年的。

我现在是眼不适合多看，耳朵的老毛病也不适合多听，感觉提前进入老年了。于是我说长道短的水平立马提高，办公室人说我应该上《吐槽大会》，我从来没看过，听你一说，我觉得我应该看一下。

超市卖芋头，我们买了一个，今天中午我公公切了煮，然后化成了一摊泥。想念你和酒香草头。

2020

这一年,仙人球爱水无奈地上起了网课,体验了网络主播的喜与忧;污士奇心心念念的配音班终于开课了,学表演,排戏剧,还见识了专业录音棚。

人生哪怕有再多的悔,也比空白好。

——仙人球爱水

2020-01-02

污士奇　　　　　　　　　　　　　　　　**15:45**

上班这几周以来,发现人还是要跟外界多接触才好。赋闲的半年时间里,我各方面的感觉好像也在慢慢枯竭(或者说是休眠了吧),反倒是开始工作之后,一些对事物的敏感和热情重新回来了。

生命在于运动,说的大概就是如此吧。只是劳作和休息要做到适时适度,还是不容易的。

2020-01-11

仙人球爱水　　　　　　　　　　　　　　　13:38

宝，我和亮亮买了腾讯会员，看《吐槽大会》。但我搜了一段时间李诞后，那种狂热降下来了，满脑子都是"人间不值得"。我今年比以往任何一年经历的精神冲击都大，见到了这世界太多的黑暗面，太多的人性龌龊，愈发感觉到你的单纯可贵，生在混乱的世界里，却不失赤子之心。

宝，真庆幸现代女性能上班，我的一个同事坐月子期间本来状态很一般，这学期回来工作后，反而精神焕发，更年轻了。我也喜欢上班，课间休息时可以随时在办公室开启吐槽大会模式，同事们还会很给力地哈哈大笑。

不知道去年还是前年，省里有一个征文大赛，我写了一篇关于图书馆的，前两天居然寄来了一个证书。回来工作后，我自己动笔写的东西掰着指头都能数清：在你鼓励下我才有动力写的导读；这篇关于图书馆的征文;被教研室老师逼着写的要登报的小短文。你看,人的有所进步都是被工作逼出来的,感谢我们的工作。

菠萝已经催了我数次,要我催你回来,记得早早抢票。

2020-01-12

污士奇　　　　　　　　　　　　　　　　　19:25

亲爱的宝,抢票尚未成功,表姐仍需努力。我和龙猪已经分别动用飞猪和京东来抢了,但目前也还没消息,再等等看吧。我同时在抢三天内的三趟车,总有一趟能中奖吧。

最近越来越喜欢刷微信,越来越少看书了。不但如此,还越来越爱买东西,总觉得有东西要买。我大致回看了一下近几个月的账单,不由得吃了一惊。算下来,虽然日常要吃要用的东西居多,但仍然吃惊不小——原来我和龙猪如此能吃、如此耗费生活用品,而这只是我一个人的花销,还没算上他那份。人类真是地球的祸害啊。

我一向买书很节制,一是太花钱,一是没地方放。然而近几个月竟然买了十几本书,也是吃了一惊。算起来读库的画册居多,有一些非读库却值得珍藏且刚好打折扣的,还有一些是逛书展时一时冲动买下的。

不过，家里最多的，是在 H 公司攒下来的样书，不知道什么时候才能看完。每天看看这堆了两架子的书，简直不知该从何看起，我又如何能把它们赶紧看完卖掉呢？今天刚下单了一本心仪许久的画册，又无意间点开汉声的淘宝店，瞬间无法自拔——每种都想要，每种都挺贵。

算算我目前的工资，实在是不多，毕竟是个兼职。在 H 公司攒下的积蓄，已经花了不少：报名配音班、出去玩两趟、买一把好琴、吉他课学费，还有房租和日用种种，已经耗去一半。于是，硬硬按下不安分的心，没有买。等我开始全职工作之后，我要每月拨专款买一本汉声的书。天哪，真是每本都想要。

说起来，我人生路上比较顺利，没经历过大挫折，也没吃过大苦头，对世界还算乐观。我看到李诞的那些新闻时，就觉得他很可能注定会这样——明星的世界里，诱惑太多了，钱也太多了，当人类面对欲望的时候，可能确实没什么办法抵御吧。看看他的脱口秀就够了。

2020-01-13

仙人球爱水　　　　　　　　　　　　07:20

　　宝,我和你有同样的困惑,所以我昨天下单了一个圈子账本,准备认真记账,最起码得收支平衡啊。等菠萝大点,就让她来记吧。我们从小没接受过理财教育,这方面确实是一团糟。尤其是亮亮,完全是一个购物狂。我发现玩手机越多的人,越容易购物。你还是尽量远离手机的好。

2020-01-17

污士奇 **18:25**

听你的劝,我从今天开始,尽量不看手机。尤其是睡前,是考验我的好时机。那么多书没有看,却把生命都耗在手机上了。

昨天开年会,首秀吉他指弹独奏,全程车祸现场。好在猜歌名游戏里赢了一盒摩西奶奶的明信片,心里才稍稍好过了一些。尽管如此,还是沮丧了好一阵子,昨晚都没睡好。本来我在家里弹得挺好的,结果上台后手指僵硬无法拨弦,唯一的决心是不管怎样都硬着头皮弹完。

也是我疏忽大意了,我本来就容易怯场紧张,对于拨弦也还没有运用自如,虽然在家练好了,到会场也该再排练两遍——不是为了熟练技术,而是为了适应这个容易让我紧张的陌生场景。这个教训先记下吧,日后如果还有机会,我还是愿意弹给别人听。

下午和摩耶去探望了 C 公司的旧友,被老板留下叙旧。过往种种，有如云烟，昔日觉得她是老板，对她有好多牢骚，如今觉得她像个好久不见的亲人——虽然被拉着灌了一下午心灵鸡汤，却不愿再去嘲讽她了。顺便吃了一盘子鲜甜草莓，打翻一杯茶水，很是不好意思。

想起新年，今年的期待特别多。

仙人球爱水　　　　　　　　　　　　　　**22:57**

亲爱的表姐，特别想看你的独奏车祸现场和打翻茶水的现场。

我今天开始放假，和菠萝收拾了三大包垃圾玩具，想想这些钱足够买套普通的乐高了，心里难免后悔。不过，菠萝已经很少一进超市就吵着买玩具了，最近一次还是我主动买给她的能拆卸的小汽车。买零食方面，菠萝也进步许多，跟她商量好了去两次超市只买一次零食。今天上午带她去超市，她开始有点小情绪，但今天不该买，我就带她去面包区预选了下次要买的面包，她瞬间情绪高涨，选定了一款红豆面包，然后陪我买菜。

有时我想，人生苦短，要不要对小孩子这么严苛？可是又觉得，缺乏自律的生活并不是真正的快乐。菠萝倒是比我更能接受这些规矩。她现在玩拼图已经能轻松赢我了。今天跟我说话,她居然用到了"齐心协力",让身为老娘的我又欣慰又有挫败感。

我也出糗了。昨天开大会,我正在底下和别人偷偷闲聊——你也知道我嘴碎——突然就被校长点名了,我条件反射站了起来,以为触怒了校长大人。结果另一个刚入职的外地小姑娘也站起来了——她可能是不太听得懂校长的方言。确定校长叫的是我之后,我上去领了一个奖状,原来是我好久以前参加省里的一个征文比赛,最近荣誉证才发回来。嗯,开会说小话是不对的,我改……

最近虽然很忙,但受你的激励,我还是忙里偷闲,用半个多小时写了一篇一直想写的小短文。

下学期,我还想好好教教学生整理。我觉得成绩好固然不错,但不会生活更可怕。我们班上一个很聪明的男同学,永远邋遢,永远满桌废纸,永远愁眉苦脸。但他爱读书,图书角总有他的身影。我猜测他的家庭状况并不好,没有好的父母费心为他筹谋。希望我可以帮这样的孩子一些吧。当然,我最该帮助的,就是邋遢的我自己,哈哈,晚安。

2020-04-26

污士奇 10:30

亲爱的宝,又是好久不写信了。

有好几次要给你写,心里满满的话,耽搁了一天就全忘光,也是够了。看来有话就要赶快说,不然时间迟早洗掉它。

我曾经考虑过,如果移居广州,工作不好找的话怎么办。后来看看,那边的独立书店是非常多的,也许是一个选择。最近在多抓鱼上卖掉七本不想保存的书,卖了八十八元,很开心,又听说他们开了线下书店,正在招店员,不由得蠢蠢欲动。我要不要试试做书店店员呢?不过,事先做好失败的准备,总是没错的。

目前兼职的这家公司,其实不大喜欢。工作环境也是我经历过最差的一家,且不说别的,对员工身心健康不管不顾,边工作边大搞装修,这一条就够让人讨厌了。

仙人球爱水　　　　　　　　　　　　　18:18

亲爱的表姐，我卸载豆瓣许久，现在为了追星，又重新下载了豆瓣。微博账号早已忘了，只好重新注册了一个，发现你也不大在微博上活动了。但今天上午就看到了你的豆邮，激动了一下，约等于看到偶像更博的激动。好久没有出去旅行了，连出去看电影都遥遥无期，每天都在网课中虚度，但也要感谢有网课可上，不然我就彻彻底底废掉了。昨天，我老爹度过了他的六十岁生日。亮亮在车上同我闲聊，说觉得我爸也不老啊，竟然都六十了。我说，那是你已经快四十了，当你十八的时候，你要管人家六十岁的叫老爷爷的。

不过，拜时代所赐，大家的心态确实年轻了好多。追星了才发现，现在的粉圈里已婚已育和我一样的老阿姨真生猛，氪金控评做数据打榜样样不落——跟她们相比，我真的只是个路人粉而已，当然可能我也不太接受这样的方式。想想我真的是个很怂的人吧，就像人生是一场戏，我却始终不敢入场，总在旁观凑趣。怕智商不够做错事，怕能力不及被人嘲，总是怕那个结果不是自己期待的，就把过程的乐趣全都随手扔掉了。

我跟你探讨过偶像的意义，我想他们可能是我们想成为的样子，也有我们身上渴望的品质吧。希望菠萝同学勇敢一些,千万别像她老娘这么怂吧,还是像她干妈一点吧。我这个妈妈呀,怕孤独,怕失败,怕开始,怕别人的嘲笑和看不起,甚至怕别人的表扬,太敏感。

宝,你不管在哪里都好,等菠萝大了方便出门了,我们都去找你玩。相信你不管在哪里,都会把生活过得有滋有味的。当然,鸡汤不能当钱花,不管去哪里,都要有钱可赚才行。不过,我相信你不是一时冲动的人,虽然在长辈们看来,你的举动有些冲动,但我觉得你的每个决定都是很理智的。

我居然存着《后会无期》的票根。想起西安之行,真是快乐时光,记得我那年好像是十八岁?

2020-04-30

污士奇　　　　　　　　　　　　　　　　09:45

我在家时，妈妈发了些黄豆芽和绿豆芽，炒了烩菜，拌了凉菜，都很好吃。

想起咱们在上海，亮亮常买绿豆芽回来清炒，给咱们带饭。我特别不爱吃，后来也说了这个意思，亮亮就做得少了。如今想来，不是亮亮的厨艺差，应该是买的豆芽不好。我听老爸说，外面卖的豆芽多半要上一种肥，一天长成，但口感极差。亮亮当时炒的难吃的豆芽，应该就是这种了。

回来北京后，龙猪也发了些绿豆芽，我们吃了好几次凉拌菜——我妈叫"清明菜"。每发一次豆芽，都足够吃两顿,单拌或配菜拌都好吃。发芽也不麻烦，可以让亮亮试试看。

我的清明菜配方是：绿豆芽、菠菜、胡萝卜丝焯水烫熟。菠菜要把水拧一拧。再切小葱，以及腌蒜末（我觉得生蒜的味道太重，刚好龙猪做了醋腌蒜，吃不完,就拿来切碎拌菜,味道比生蒜好很多,用现买的甜蒜切末,味道应该也不差),以及白糖、盐、醋、香油,拌起来就好了。如果想更有味儿一点,就加一点生抽。目前这是我家每周两次的固定菜式了。

家里长的这种绿豆芽,单与葱蒜拌也不错,昨晚图省事尝试了一下,意外地好吃。买绿豆时,要到粮油店问问看,买那种能发芽的。网上卖的很多是转基因绿豆,泡好几天也发不了芽,这是龙猪的经验教训。后来他直接去菜市场买,一问就买到了。

今天也要好好吃饭。爱你的谢耳朵姐姐。

PS:清明菜配方里还有一样豆腐。我妈用油炸过的白豆腐切片。我嫌炸豆腐麻烦,用了豆腐干切丝,吃着也并不差。

2020-05-08

污士奇 10:23

亲爱的宝，这一阵子心心念念要当书店店员的想法，怕是要泡汤了。多抓鱼的邮件一周内没有回复，就表示已经不考虑面试了。我又看了看北京的一些招聘启事，大概明白了为何我不被考虑——书店店员属于重体力工作，大多聘用28岁以下的年轻人，且书店一般要开到晚上十点，店员早晚倒班是常态，周六日工作也是常态。

照这个条件，我从十年前来北京的时候起，就不能再应聘店员了。虽然我寻觅工作的这一路上也被拒绝过，但因为年龄而不被考虑还是头一遭，未免有了危机感。年龄也成为了我的门槛，让我很是沮丧了半天。

我家的小阳台已经成了花园。龙猪喜欢和泥土花草打交道，买回来的小青菜，吃不完的葱，开花的萝卜缨，都要种起来。他念念不忘小时候玩的染指甲的凤仙花，买了大包花种，种了好几大盆，现在小苗都已长高。昨天我不小心害死四棵，龙猪生了好大一顿气。想想我也是自私，看自己种的花就像千金小姐，他给我整死一棵都不行，看他的花就觉得"反正那么多，死一两棵也没啥"。对常常蛮不讲理的龙猪，也需要有同理心。

还有一件事让我对龙猪刮目相看。我家这个抽油烟机的过滤网被油糊死了，根本不能再吸烟，我咬牙跺脚买了意大利的公鸡油污清洗剂，挽起袖子发誓要大干一场，把那个过滤网弄得光洁如新。清洗剂是挺管用的，无奈那个过滤网年深日久，实在是费力，我擦了一阵，觉得弄得光洁如新简直是做梦，于是把网眼通了通就打算罢手了。龙猪过来一看，先是说我"懒婆娘"，然后默默接过来，足足洗了两个小时！然后光洁如新了！我从此对他心生敬意！一到吵架怎么看他都不顺眼的时候，就想想那个光洁如新的过滤网，觉得龙猪还算值得。

2020-05-09

仙人球爱水   **21:20**

昨天下午我上第一节网课，突然觉得窗外的云很美，就对学生说，窗外的云很美，我给你们拍一张。学生们纷纷说好。等我拍完回来，班级群里已经有许多同学发了照片，把他们家窗外的云都拍出来了，各色各样的云，都比我拍的好。我们一张张看过去，七嘴八舌地点评，这张有科幻感，那张像一条龙。我说，我感觉咱们在天空飞行了一圈，然后一节课就只剩半节了。

下课后，学生不愿下线，和我聊天。我们说到了旅行，我跟他们讲咱们在西安吃吃逛逛的经历，他们也给我讲自己的经历。有同学极力向我推荐青岛，专门添加我微信给我发了四张青岛的照片，有一张是蓝蓝的天空，几只海鸥展翅飞，那么舒展，突然好想去青岛。

我现在的日常写作,已经只限于给你发豆邮了。我还是多给你写豆邮吧,不然连话都无法说通顺了。

2020-05-10

污士奇　　　　　　　　　　　　　　　　　09:50

因为关注了肖浑，就也看了他的伴侣日日写的一篇《一个月六百元，如何过上滋润的二人生活？》。我对美食和画册的欲望实在无限，然而做了兼职之后，经济又很有限，最近只好想尽各种办法省钱。又有一批书准备卖给多抓鱼，我甚至打算过年回家把我考研时买的所有书都卖掉。那些书当时看得那么重要，现在想想，这辈子都不会再看一眼了，何苦留着吃灰？把最想要的书留下就好了，其余的都应该变成钱！

我手边的书不少，也都是好书，但读起来需要动脑，也需要有平静的心境去回味它的意思。然而，在家里不知为何不愿动脑，也不愿回味，浮躁得很。我好怀念等车、等人时看书的日子，好怀念在地铁上看书的日子。为什么我只有在那样的情形下，才能真正投入去看书呢？我常常因为看书坐过站。为什么我坐在家里就只想买买买、聊微信、刷豆瓣呢?这是现代生活给我的惩罚吗?

2020-05-22

污士奇 **15:24**

我的眼镜又不行了。查下来，我的度数果然增加了，左眼加了25度，右眼加了75度，斜视也越发厉害了。这一年来，常常颓废到早上不起床，躺着看手机，真是有了不好的用眼习惯，才有了我现在这样的结局。验光师特别叮嘱我一定不要躺着看手机或看书。真是要戒掉这个坏习惯了。想到我的眼睛越来越差，还是挺难过的。以前以为眼睛度数到一定年龄就会定型，现在看来并非如此，以后得好好保护眼睛、好好锻炼身体、好好补充营养才行。

配完眼镜顺便去了多抓鱼的线下书店看看，整体氛围和布置都不错，很有几分巧思在里面。只是作为一个书店，它的功能略弱了一些，并不如三联、万圣甚至普通新华书店的规划好，显得有些杂乱无章，没有重点。观察了一下午店员的时光，觉得我并不一定喜欢这种工作。其实，我之前曾接到佳作书局的面试通知，但工资太低，如果真的去做，我都无法支持现在的生活了，所以从那时起，我就已经放下书店情结了。已经过了用爱发电的年龄，当然希望所做的工作有爱，但也要有钱才行。

我今年的钱包特别瘦，即便是买二手书，也不大愿意了，希望图书馆早日来拯救我的钱袋。

配音班开课在即，我以前觉得可以跟上班共存，但认真想想其实是两边都有点顾不及。以我以往上班的经验，常有需要周末加班的急事，也可能周末有非去不可的活动，而上课也是如此，不能只听课，消化和练习也需要时间。刚好兼职停掉了，也许是天意吧，要让我好好学完心心念念的课，再做他想。

2020-07-05

污士奇 **12:07**

亲爱的宝,还记得我在上海买的那条绿碎花连衣裙吗?领口和胸口整个松垮掉了,我这几年一直拿它当家居服。然而作为家居服,它也不算舒适,布料不够柔软,设计也不够清凉。我一年穿一两次,就又放回去了,舍不得扔——记得当时是花了两百多块买的,十年前的两百多也不算便宜了。前几天我又拿它出来,看能不能改造成一个吊带裙,比了半天,还是不行。不过,突然觉得改作半身裙应该还不错,已经拿去改成。改衣之前,又把它仔细看了半天,发现这条裙子的针织、印花、做工、蕾丝贴边,确实都好,值两百块。放了这么久,颜色依然清新,即便旧了些也是素素净净的旧,现在这样一条裙子,不知要多少钱了。

跟你一起买的红色羊毛手套,手指头早已破洞了,也没舍得扔掉,把它做成了一个碗垫——虽然丑了点,但吃饭时垫在手里,端着碗看电视还是很方便的。

我有一本石川啄木的诗集,周作人翻译的,因为翻了两页不喜欢,总想丢掉它。可又觉得看都没看就丢掉,也太亏了。拖了许久,终于这几天认真看了些。有一些诗我仍然不大喜欢,但有一些又觉得很是不错,比如:

> 说是悲哀也可以说吧,
> 事物的味道,
> 我尝得太早了。

> 比人先知道了恋爱的甜味,
> 知道了悲哀的我,
> 也比人先老了。

> 浅草的热闹的夜市,
> 混了进去,
> 又混了出来的寂寞的心。

> 有时候觉得我的心
> 像是刚烤好的
> 面包一样。

石川啄木的这些短诗,都是三行,我读着读着,想起给你发的郝广才的话,讲唐诗留给我们的意义。我想试试看,模仿着石川啄木或唐诗写些短诗,已经写了一首,先不给你看,有了好的再说。

我下周就要再就业啦!但我的不自信让我不敢高兴得太早,等完全定下来再跟你说。

2020-07-06

仙人球爱水　　　　　　　　　　　　　**21:05**

宝，我还记得那条裙子，那是你最有女人味的一条，那个胸口本来就很容易垮掉的，但我记得你穿上还挺好看，让我想起了《乱世佳人》里的斯嘉丽。我还记得你一直想买一件我那种蓝色的风衣，找了许久也没找到。

我对于物好像很粗心啊，随用随丢，一点也不珍惜。尤其看到《怦然心动的人生整理魔法》，没学会整理，扔起来倒是不输。

我记得菠萝借过一本绘本，好像叫《爷爷一定有办法》，讲小男孩的爷爷用一块布做成衣服，衣服破了又做成背心啊领带啊之类更小的东西，最后做成一颗纽扣。当时就挺打动我的，看了你的信，又回到了读那本绘本时的感觉。裙子改好了发一张照片给我看吧，有点期待呢。

你要相信，该来的总会来，既不是我们盼来的，也不是我们怕它就不来的。希望你工作顺利。

2020-07-18

仙人球爱水   23:16

宝，你有新工作，我就放心了。这份工作希望你喜欢，能做长一些吧。看你之前的辗转，我虽说支持你的每一次选择，但又觉得你在不长的时间内一直颠簸，实在是累。

我身边最要好的一个同事，她比我聪明许多。我们关于教育的想法相投，关系一直很好。但她近两年来为单位的人事变动等诸多事情所伤，不想再代课了，想调到其他的单位。我很不开心，因为感觉没有同伴了。

咱们这种性格的人，不知为何，永远不能把工作只当成一份工作来做，永远有许多不愿意妥协的地方，永远有很多妥协了会很痛苦的时候。我也做了许多鄙夷自己的事，安慰自己守着个烂泥塘能喝到水就不错了，就不要想水质如何了。

今天看到陶勇医生的话，大意是人很复杂，没什么天生的好坏。陶医生真的是个好人，不站在道德制高点上去指点世界，而是去体谅每一个人的处境。

我们今天回村，树上有许多的蝉蜕，菠萝兴奋地玩了许久。以前读庄子，觉得朝菌不知晦朔、蟪蛄不知春秋，人好歹活几十年，再怎么渺小也比这些小生命强多了。今天突然想到，如果生活一直在枯燥复制，倒不如像蝉一样珍惜光阴、尽情鸣叫。

可能我被第一份工作折磨太多，降低了对后来工作的预期，佛系了许多，从不想着出头争强。人生苦短，无谓争那三分两分，也许是我连曾经最梦想的东西都能放弃，其他的也就真随它去吧。

写着写着，深深体会到《爱取名字的老婆婆》的心情，觉得自己真的是个怂人，不敢全心全意地去相信一个人，不敢真情实感地去喜欢什么，生怕那些会落空、会破碎。所以自己先把世间的美好敲个缝，告诉自己没有什么值得信任的好东西，一切都是那么不值得依赖和相信，警告自己不要给爱的人起名字，怕这些会幻灭。我可能还是有洁癖，觉得好就应该是好。唉，对比陶勇医生，我确实是狭隘，追个星都出现了对我破碎灵魂的拷问。

想看你的绿裙子，想和你去吃拌饭，爱你的神经刀。

2020-07-19

污士奇　　　　　　　　　　　　　　　　**09:42**

　　一觉醒来就看到你的回信,很是开心。

　　这半年来确实有许多焦虑,但过去了好像也就没什么了。现在回想在《K》杂志的日子,在F公司和H公司的日子,当时觉得那么难过,如今想来好像也就那个样子。

　　经历过C公司、F公司、H公司,深深觉得我真是个幸运的孩子。虽然这些地方各有各的不好,也分别受了不同的罪。但我这半年颠簸下来,发现曾经选择的这些地方,都还算业界良心。其实新入职的这家公司,也有不少难做的工作,但我好像没有从前那么抵触难题了。每个地方都有它的好与不好。要它的好,就要接受它的不好。这如同我要跟龙猪在一起过日子,就要慢慢习惯他那些改不掉的坏习惯一样。龙猪千般不好,也是目前最适合我的伴侣。而在他眼中的我,估计也是如此吧。

我记得你给学生讲屈原的时候,让他们按自己的想法做一个屈原的策展——这个我一直记着,不知给别人说了多少遍。也许在你不是什么稀罕事,但我当时听到了,心里就像划过一道闪电。从小到大,我们所受的教育太贫瘠且机械了,我常常想,如果我能遇见一个像你这样的老师,足够我回忆一辈子了。我能说我很羡慕你的学生吗?在上海的时候,每每想到你有曹老师这样的导师,也是这样羡慕的心情,这话我也跟你说过不止一次了。虽说环境不好,但有你这样的人在,就不是烂泥塘。

我一直惦记着你那双在上海买的百丽的凉鞋,太美了。可惜的是,因为掉了一颗石头,你就没有再穿了。直到跟龙猪看了一个关于工匠的纪录片,我才想到,可以找一些易粘贴塑形的材料,用丙烯颜料画上好看的颜色,把它做得像宝石一样,粘到鞋子上去,这样就能继续穿了。看了这个纪录片,我觉得我是适合做匠人的。我也梦想过做园丁,也梦想过做古籍或艺术品修复师。我喜欢修修补补,描描画画,磨磨蹭蹭,慢慢吞吞。我喜欢给东西上颜色,喜欢给它弄出来个什么形状。去年去景德镇玩耍,看了古窑,又特意花两天时间逛了乐天陶艺市集,心里想:多好的手艺啊,我要是再年轻十岁,也想来这里做点东西、摆摆摊。

上周龙猪跟我说,你知道吗,你很特殊?我说,怎么个特殊法?龙猪说,现在像你这样的人很少了,还会看纸质书。宝,原来我们都是稀有物种了啊。

一切都会好的。绿色的裙子,今天拍照给你。

仙人球爱水 **11:11**

宝,我挺担心你今年会失业,因为大环境确实不乐观,没想到你还能找到不错的工作,真是运气与实力并存的奇女子。不过你真的特别,我之前之后都没遇到你这款的——温暖又冷静,个性又内敛,大胆又怯怯的存在,简直是个奇妙的矛盾综合体。

工作的事,我想只要这家公司一切正常,你会多待些时日的——你也在业内绕过一圈,明白没有完美的工作,对工作中的不顺遂也更能接受了。

百丽凉鞋早已不知所踪,我真是个败家子。但我一直记得它的样子,真好看,记得初见它时的惊艳。近些年我被"断舍离"观念洗脑,丢东西速度极快,生活却一点也没有因此变整洁,所以我觉得我是被自己骗了。

我和你不同,我是个很容易被洗脑、容易偏听偏信的人。所以我经常给学生强调:凡事要从不同的角度去思考。哈哈，其实是他们的老师有点"二"而且自知，希望他们不要步老师后尘。

2020-07-21

仙人球爱水 23:05

今天跟你分享两则别人给我们讲的笑话。

笑话一：**背课文** 语文老师让同学们背古文,她就出去洗衣服了。我好不容易背下来了,自信地跑去找老师。一进门,看见她正认真地洗衣服,我刚一张嘴,背下来的古文不知怎的一句都想不起来了。老师大发雷霆:"告诉你背熟了再来,一点不用心!"正说着,啪啪啪十几个水巴掌就到我脸上了。我挨完转身走,刚走到门口——咦,我又想起课文的内容了。

笑话二：**可怕的音乐老师** 我们学校的音乐老师特别凶,搞得我上个音乐课总是提心吊胆的。音乐老师上课非常认真,总是拉着他的手风琴,一发现谁没认真唱,立马把他提溜上来。我们那时的校服特宽大,音乐老师一脚踹过去,校服还在他手里,人没了。

讲故事的人很认真很平静,他自己一点也不笑,都是他亲历过的事,但一点夸张的成分都没有,我都不知道怎么形容——倒把我们给笑死了。我和亮亮都觉得他好适合上脱口秀啊。我一向自认为还挺幽默,跟他比差远了。

挨打的事过去已经多年,虽然当时伤心,但过去这许多年,当事人都拿它当笑谈了,多亏他有化解痛苦的能力,不然真的是人生阴影。

所以我想,任何一个方面做好了都不容易,讲笑话的段位也是大不相同的,每个小小的专业细细去探究,其中都有极复杂的道理。年纪越大,越懂得去尊敬别人,可能就是这个缘故。年轻的时候,一副老子天下第一的样子,真真是傻。

2020-08-10

仙人球爱水 **08:49**

今天是我的表妹蕊蕊的婚礼,我现在湖边的长椅坐着,听着歌给你写豆邮,等着我老爹来接我。

我买了一条粉色的齐膝裙,亮亮说很土很大妈。其实我也觉得这条裙子也就那样,但我很怕以后再没机会穿通身粉色的裙子了——主要是越来越老,也不好意思再穿了,自己都会觉得奇奇怪怪。

最近还频频被我妈打击。我说我是追星少女,我妈白眼一翻:"都四十的人了还少女?还追星?"我妈还劝我调工作,调到清闲一点的部门。她也是担心我的身体健康,教书确实越来越累,大环境也越来越差,我身边也有同事不想干了想调动。给你写豆邮的此时,旁边的树上不断有槐叶槐花落下来,让我感觉秋天来了似的,满目阳光,却一片萧瑟。

我们前两天去了趟太原,逛了西西弗书店。好久没有进过算得上书店的书店了,里面人很多,却很安静，我走到一排书架那里，不知道为什么，觉得那是一片上海古籍的书，仔细看看，果然就是。忽然间，当年在上海福州路上的种种，就如前世的过往一般。人生好像真的有三生三世，而且并没有重合，是完全不一样的生活。

我老爹居然还没来，他们可真能打扮，我就这样跟你絮叨了半天，看着面前跑过数十辆车。想起前几天的感叹，好好一个人，一握住方向盘或键盘，就变得那么疯狂与暴躁，和别人拼速度，对网络上的陌生人肆无忌惮地喷来喷去。

2020-08-29

污士奇　　　　　　　　　　　　　　**10:10**

亲爱的宝，上班上了一个半月，我就有至少一个半月没给你写信了。

真是没想到会有这么忙。不过，虽说忙，却没有特别疲累，很多事情都能参与其中，常常平地起飞，却有一种打了鸡血的快感。在若干前司时，终日被束缚在看稿子写文案上面，可能没有这么忙，却觉得很疲倦。看来工作和谈恋爱一样，得有变化才行，始终如一无变化，再怎么爱也是要疲倦的。

现在的工作比过去要丰富许多，有绘本，有漫画，也有文字书，都是我喜欢的。这里多做原创图书，原来我不喜欢做原创，觉得麻烦，可现在觉得：既然已经做了那么多引进版图书，也有些经验，是时候该在原创图书上施展一下拳脚，不然永远是个引进书的加工编辑。对于工作本身有了不同角度的看法，好像职业生涯开启了另一个阶段，心里是快乐的。

这一个多月，忙到常常忘记喝水，没有时间去散步和活动身体。这是要不得的。我今天早上做了颈椎操和简易版俯卧撑，也尽量挤出时间去林子快走一圈。龙猪常笑我锻炼不下实效，总是拣容易的做。我说，也总比你每天瘫在沙发里打游戏好吧。说实话，我是有点担心他，在家办公这些日子，龙猪很少运动，偶尔出去都是我拽他。他的肚皮日渐肥大，讲他也不听，说多了反而会生气。这个时候，我就常想起林惠嘉对付李安的办法：leave him alone（不管他）。有些事情怎么讲都不能让人醒悟的，醒悟要等这个事情降临到自己身上才行。我又何尝不是如此？

尽管新工作重新唤起了我的热情，但健康仍然得放在第一位。上周我赶制一批表格的时候，心跳骤然加快，十分担心。虽然我们家族没有过心脏病史，去医院检查也没啥问题，但去年去喀纳斯徒步路上确实觉得心口疼痛，不知道问题出在哪里。还是要充分休息，适度锻炼才好。

另外，还是有些让人沮丧的事情。我真是异性交往无能患者啊。跟设计师以及老板除了工作不知道该聊什么，成功化身尬聊终结者。跟同性在一起就轻松许多。昨天看竹久梦二的画集，里面有句话说：怎么努力都做不到的事，就不要勉强自己了。我也这么觉得，可还是会纠结。太在意自己留给别人的印象是好是坏了。

最近迷上《乘风破浪的姐姐》,最喜欢张雨绮、宁静、张含韵,看易立竞采访张含韵,感动得泪流满面。一个人成为她现在的样子,要经历多少啊?然而我们还是更爱现在的自己,人生还是值得的。

PS:明日休息,打算和龙猪去十三陵玩耍。上次去圆明园踏春,带了自己做的炒饭,带了火腿和牛奶,吃得舒舒服服,有滋有味。明天计划也如此。

2020-09-14

仙人球爱水　　　　　　　　　　　**21:39**

宝，虽然你总夸我自信聪明，但我也常在关键时刻掉链子。尤其是工作之后，这种感觉尤其明显——小小的办公室，个个玲珑心肠、口齿伶俐，越发觉得自己笨拙不堪。时间久了，还是会懊恼，但也习惯了，所以颇能理解你的苦楚。

我之前就考虑过原因。其一，是因为我们人生履历很单纯，没有单枪匹马闯荡过，也没什么大担当的事情去历练过。其二呢，我们生性简单，没那么多复杂的弯弯绕绕，喜欢单纯做事情，不长于处理事务，我处理日常事务尤其拖沓弱智——唉。所以，不要苦恼，要感谢生活没有给我们那么多狂风暴雨，让我们依然如此稚嫩。手动撒花花！

PS:刚刚准备睡觉，我下床关灯。灯一关，菠萝说："妈妈，你突然好黑呀，快去洗洗吧。"晚安，宝。

2020-10-11

仙人球爱水　　　　　　　　　　　　　　**11:02**

宝,好久没给你写豆邮了,我就按着顺序写写吧。

首先是我老娘做阑尾手术,住了一周左右的院,手术室在顶楼,和重症监护室面对面。我们等待手术的时候,对面重症监护室频繁有家属进出,原来是一个三十七岁左右的妇女出车祸命不久矣,家属轮流进去探视,哭声最大的是她的母亲。我虽然没有看她一眼,却现在都记得她撕心裂肺的哭声。我的小姨坐在一侧,说她发生什么都不会在公共场所哭成这样。我说那是没到你心痛时。没经历过一生,怎会有什么绝对的论断。现实往往没有我们当初想的那么波澜壮阔,却绝对是滴水穿石的能手。

再说大同吧,我已经和你聊过一些了。我们去过四个景点,第一站是应县木塔。因为梁思成、林徽因的缘故,我惦记了很久。去往应县木塔的一路感觉挺好,孩子们沿着窄窄的、长长的跑道一路奔跑,但凡慧慧要拍照，菠萝她们两个必然转过身去，用屁股对着镜头，一阵鬼笑。走不多久，木塔探出头，我们一路看着到了塔下，却是排了一队长龙，于是我们果断去吃饭了——这就是应县木塔之旅。

省了门票钱，我却损失了保温杯。下车时我的保温杯滚到了车底下，探不到也懒得倒车了，想着等返回时再拿吧。结果回来发现杯子居然被人捡走了。那么旧的杯子，我已经用了七八年，去北京那趟就在用了，杯底磕磕碰碰，早已立不稳了，居然有人看得上。好吧，希望那个人善待我的杯子吧。回到家，我又买了个一模一样的绿色杯子，心里老是觉得它没有原来的好，难道是因为不够旧？

我们还去了恒山脚下。车太多，时间已晚，我们直接去了大同，长假期间房费猛涨了三倍左右，一夜居然要四百多，我们也就只住了两晚。次日上午去了云冈石窟，倒是出乎意料的好。先前我母上大人他们都去过，说灰扑扑空荡荡没看头，我的期待也不高，没想到收获惊喜。我觉得看云岗石窟需要想象力，我最难忘的是一处石洞，佛像要么被挖出、要么被风化，我凭着仅存的轮廓和模糊的造像脑补出当时的盛况，竟然觉得好壮观，更别提后面保存得非常好的石窟了。菠萝是个很好的旅伴，看得津津有味，爬起石阶来也毫不含糊，每处都要去到，吃什么都觉得是大餐。

华严寺是下午去的。下午四五点的太阳光最是贴心，不刺眼不灼热。华严寺是那么整洁，每一棵树、每一方土似乎都被人悉心照顾着。一进门就是满树红红的山楂球，妥妥地缀在那里，没有一个游人去打扰它们，整个世界就那样静了下来，可能被那沉静的阳光封印了。我们去了塔前，意外发现了匾上的题字人是黄庭坚、苏轼和米芾。特别想登上去俯瞰，尤其是菠萝，然而排队人太多，就此作罢。

晚饭的时候，菠萝坚持要自己点一道菜——她点了杂粮拼，直到现在还特别自豪，跟别人说那里好吃是因为菜是她点的。

我回来的第二天，就加班开学了，直到今天才放了一天假。我想旅行，想那个酒店的十五层的大太阳，想菠萝喜欢的观光电梯……就是不想活在现实里。

2020-11-24

污士奇 **14:50**

亲爱的宝，最近真是我人生当中最忙乱的一个阶段了，过季的臭鞋攒了一堆，昨天晚上才洗刷停当。一直想跟你好好说说上配音课的事，一直没有时间去好好理一理这个头绪。我只得今天写一点，明天写一点，慢慢积攒下来跟你讲。

上课最初是快乐而自信的。第一个练习，是讲一个自己的故事，第二个练习是即兴单人小品，第三个练习是即兴多人小品，都需要现编现想，当场表演。这一趟做下来，我觉得自己还蛮有表现力。故事，我讲了跟龙猪的一场吵架；单人小品，模拟了自己被虫子咬（刚好我这人爱发抖，用到这个小品里，倒是很合适）；多人小品也没什么压力，大家起点一样，临场随机应变就好了，演自己就好，再加上有对手交流和壮胆，又好玩又刺激。我还常常贡献些点子出来——这个时候发现电影看得多还是有好处的。

第二阶段慢慢难了。先是一个寓言独角戏,故事里有三个动物角色,要一个人把这三个角色演绎出来,情节可以自行去修改。这个我也还好,我觉得我的学习能力和模仿能力还是可以的,被老师调教一番,以及看老师调教别人之后,我把我的那个《羊妈妈、小羊和狼》的5分钟独角戏编排得还不错。不过,我的短板也出现了:声音可塑性不够;因为紧张,情感表现也不够。虽然完成度还可以,但老师没有说演得如何,只是夸赞了我编剧能力很好。好吧,我要是连剧情合理性、台词合理性也搞不定,那我这十年编辑等于白干了。

然后是影视(或话剧)独角戏和独幕群戏。我觉得这个好难,我很难进入角色——又或者是,我觉得进入了,但给观众的感觉并不如此。我和龙猪在家演练,自觉得满是感情,但录音出来平平如死水。原来自己想象中的声音,甚至自己听到的自己的声音,都是会骗到自己的啊。我是从这件事才知道,意识对感官的欺骗居然这么大。

而我的一位同学,真是天生的表现力,声音、表情和肢体语言都是如此,她哪怕只能感受到20分,也能成功外化到所有人都听见、看见,并让人以为她感受到至少80分。而另外一位女孩子,她本职是程序员,是个内向的人,原本在前面的练习中并不出色,结果在独白戏和群戏中大放异彩。站在那里，环境于她如无物，谁也不能阻止她成为戏里的那个人。

我好羡慕她。我知道她一定付出很多努力。可我也付出很多努力啊，我打磨台词、设计走位，晚上练习到十二点半，早上六点起床温习十几遍舞台调度，反复去琢磨怎么把表演打磨得更对——但就是做不到像她那样，无法若无其事地站在那里，无法心无杂念地做剧情中的那个人。啊，我真的好羡慕她！可是，为什么我不行？好多天了，我一直做不到不想这件事。

又能如何呢？只能宽慰自己：我努力过了，能做到多少就是多少吧。亲身实践了剧场表演，跟同事同看一本图像小说时，突然明白了其中很多埋着的梗，为什么作者要那样去编排，这不就是按着小剧场的逻辑来的吗？才又多一些安慰：当不成演员，能做个更好的编辑，也是不错的。今年的我，已经够幸运了，有了龙猪，有了合意的工作，在做好看的书，配音班也终于开课，被老师颁发了我们班的"最佳编剧"，被同学夸我会讲戏（我就是那个可以给别人讲戏，帮别人入戏，却怎么都帮不了我自己的那个人），我还要怎样呢？

可是我还是好想当演员啊，我还是好想做配音演员啊！我现在有点理解了没有演技却热爱表演的那一类演员。为了表演,我愿意自毁形象,把自己扮成任何样子,同学都惊讶地说,真没想到你还能扮成这个样子,然而这并不能让我真正变成那个戏里的人。嗯,这次的群戏,我演的是阮玲玉的母亲。

下周要进录音棚练声啦,后续慢慢攒着说吧。这一周终于可以休息一下了。我忍不住期待十二月底结课后的日子,我想去十三陵徒步一整天,呼吸冬天室外的冷空气,跟龙猪一起锻炼一下我俩肉眼可见日渐肥大的小肚腩。

2020-11-30

污士奇 **14:09**

亲爱的宝,今天要跟你说些泄气的事情了。

昨天第一次进录音棚,发现配音这件事,真是跟我的想象相差十万八千里。我是有点模仿能力,以前上学的时候,在家的时候,常常模仿一些角色,博取别人"哎呀,你怎么学得这么像"之类的赞叹。后来喜欢看电影,又喜欢译制片的配音,便以为自己很爱很爱这个行业了。现在尝试了一下,才发现并不是这么一回事。

配音之难,远远超乎我的想象,至少前期的训练是相当枯燥的,让我想起我那永远也练不好的毛笔字。一段普普通通的日常对白,完全要靠镜头的移动、人物的微动作和微表情来判断什么时候该说话、该怎么说话、该说多快、该何时说完。要成为一个配音演员,先得成为一架敏感精密的机器,要能快速感知并抓到这些微小的节点。天哪,真的太难了!龙猪说,这是一个熟能生巧的事情。我明白他的道理和苦心，可单是对口型的练习，就已经让我灰心丧气了。

这还远远不够，还得学会把表演的技巧运用到声音里来，要揣摩清楚角色的心理和性格，要在很短时间里搞定这一切。天哪，我这么慢热的人，我该怎么办呢？如果是十年前，在上海的时候碰到这个学习机会，也许我愿意付出无限时间和热情，但时过境迁，我好像已经做不到为一件事付出太多了。

即便能做到上面所说的这些，也还远远不够。音色要有特点，表演要精准，表现力要足够。即便是一个普普通通的、只有一句台词的群杂龙套，也需要天天跟棚，混到脸熟，才有可能得到。据说，给群杂配音的时间至少要几个月甚至一年，之后才有可能拿到台词稍多一些些的角色。

要下定决心以配音为职业，必须一有戏就去跟棚看戏学习，一有时间就去录音棚练习对口型。唉，这些都是必须要做的，我现在所从事的职业也不是一蹴而就的，这个辛苦的道理我明白——只有付出所有这些辛苦，习惯所有这些规矩、镣铐和等待，才能真正成为配音演员，品尝到配音表演的乐趣。班里不乏这样的同学，立志要从事配音行业，在学校附近租下房子，天天跟棚——只是，如果不是作为专职，而是作为业余爱好来付出这样的精力，对我来说未免太奢侈了。

我很不争气地想放弃了。我是班里最差的一个。我的声音条件、心理素质、应变能力、适应能力都无法跟班里的同学们相比——好吧，也许我比他们会编剧，也许我比他们会导戏，也许我比他们阅历更多，更能够理解一些角色，但我可能在表演及配音这件事上真的并不擅长——也未必不擅长，只是需要更多时间去练习并进入状态。然而，我还是不争气地觉得，这个爱好对我来说真的太奢侈了，尤其是跟我的另外两个爱好相比：吉他，拿起来就可以弹，学会多少就能弹多少；画画更是这样，只要买些画材，随时可以画，怎么画都行；而配音得要经历这么多等待和磨砺才可以，要跟大家一起才有合作的快感，要有老师的客观评判才知道自己好与不好，好似一个比龙猪写代码还要精密严格的工作——好吧，我就是有点吃不了这个苦了。我已经一个多月没有休息日了，好累啊。

尽管如此，还是每周对着新闻联播练习对口型吧，好歹把接下来的几节课撑下来，好好录完配音片段，不要拖累同组的搭档才好。

希望我能挺过接下来的三个周末吧，希望我能顺利结课，不要给自己留下遗憾吧。无论以后如何。

2020-12-03

仙人球爱水 **20:09**

宝,你的人生好精彩!但我们可能都太晚熟了,视野也一直不开阔,所以自认为错过了好多。我觉得"一切都是最好的安排"是骗人的,还是要努力安顿好自己。

你扮老嬷嬷的造型还挺有感觉,我找了半天才认出你来。你们排戏的照片,看着都好有趣啊!我也好想魂穿过去!突然理解了为什么那么多人挤破头去当演员了。即便忽略掉演员受关注的光环,演戏本身就非常容易让人沉迷其中,又能体验另一种人生,又非常有成就感。

等着看你的配音作品,不知道是什么感觉。

2021

这一年,仙人球爱水继续工作、追星、带娃……偶尔会有人到中年的焦灼和叹息;污士奇开始学游泳,然而资质平平,用了半年才学会……这一年,网瘾深重的我们,都试着软弱地反思网络的利与弊。

纵有高楼千万座,
没有可以拥抱的老树,
也不能算故土。

——仙人球爱水

2021-02-21

污士奇　　　　　　　　　　　　　　　　**10:48**

　　亲爱的宝，最近跟龙猪一起看完四季《黑镜》，感受很深。未来的人们使用各种便捷的软件，得到很多方便，然而也不知不觉被科技捆绑，失去许多宝贵的东西。龙猪说，这就是赛博朋克，我们现在就是赛博朋克的前奏。想想不错，有了微信、淘宝、抖音，每个人的生活都更便捷了，能随时联系到千万里之外的朋友，能买到以前根本没听说过的东西，能见识到也许这辈子都见识不到的景象。然而人的生活会因此变得更好吗？以前我觉得会，现在觉得未必会。

　　微信早已经取代QQ，成为我的工作通讯工具，任何人都能在第一时间找到我，我已跟微信深度绑定，虽然关掉了通知，但每天必看，有如日课。上个月，我觉得累了，把朋友圈关掉了，从此一周看一次，过滤出一些必要的信息。微信还会让人觉得厌倦，淘宝对我来说简直就是毒品，我嫌弃龙猪每天看抖音没出息，而我一逛淘宝就能逛俩小时，比他也好不到哪里去。淘宝真是能满足我各种口腹之欲，却又要在花钱与否之间纠结徘徊；又要货比三家，挑选更便宜更好的货品；又要看看它推来的新大陆，满足一下好奇心……简直没完没了。龙猪是抖音和电子游戏的奴隶，我就是淘宝的奴隶。原来我不觉得我是购物狂，现在发现我简直就是购物狂本狂。

为了挽救我的时间和金钱，我把淘宝从手机和平板上卸载了——之所以能不知不觉花那么长时间在它身上，一个重要的原因，就是在手机上逛淘宝真是太方便了，随时随地，站着躺着。卸载后的那一周，我觉得轻松不少，戒断的感觉很好。虽然还是需要去淘宝买东西，但非必要的东西，往往一闪就忘掉，因为要买就得打开电脑，输入账号密码，登录网站——对于懒人来说，这个戒断的方法还是很有效的。

这段日子里，Kindle给了我很大的安慰——对，是安慰，Kindle让我更喜欢看书而不是手机了。每天睡前，只要不是特别累，我都会拿着Kindle看一会儿《纳尼亚传奇》或《契诃夫短篇小说》，抑或刘慈欣的短篇。小说原本就是消遣的读物，不管是契诃夫还是刘慈欣，如不抱有一定要欣赏出个门门道道的想法来看，而是当颅内小电影一样看，单纯感受文字和故事带来的画面之美，还是很舒服解压的。《纳尼亚传奇》虽说有浓浓的宗教情感，但异常温柔舒适，很安慰我。

说到这里，很想把Kindle推荐给你，墨水屏很护眼，还能调整字号大小，我买了12元/月的包月服务，可无限量看许多不错的书——因为交了钱，看书更积极了，相当于买了一个需要付费的图书馆会员。我还花了十几块买下了全套的《追忆似水年华》和《莎翁全集》。遗憾的地方，当然是失去了实体书的质感，但我现在从事这一行，家里堆积了大量看不完的书，如果不是装帧特别的书，或者内容精美的画册及绘本，大多不会引起我收藏的兴趣。大部头的文字书，我更加不愿意买，字又小，拿着又重，我多半看过一遍之后就不会再看，除了占地方，别无他用。我今年卖掉了几十本存书，都是文字类，图像类的都留着保存。现在但凡出门必带Kindle，感觉是赛博朋克世界里，除电影、音乐之外，唯一让我觉得精神充盈的电子物品。

龙猪受我影响，买了安卓系统的电纸书，好处是可以使用微信读书、网易蜗牛读书等一系列国内的读书软件，上面的书很多都是免费。然而我觉得，免费的结果很可能是一眼也不看，因为它永远在那里，就像自己已经买好的书一样。果然我猜得不错，电纸书买回来新鲜了几日，龙猪就一眼都不看了，继续每天刷抖音打游戏。不过,龙猪买东西的目的,倒不一定为了使用,而是为了拥有,以备不时之需,这点跟亮亮有点像。

配音课已经顺利完结了,很开心没有拖同伴的后腿,最终出来的作品也还差强人意——总之,我尽力了,结果也不算坏。心中种种的不平衡,随着时间的流逝,也渐渐淡了。我把自己的配音练习片段发给小伙伴和家人看了看,都说不错,哈哈!自己也觉得还行。虽然天赋和基本功有限,无法跟别的同学比,但这个课并没有白上,课上该学到的东西,我都学到了,接下来的任务是坚持这个爱好和巩固练习。我觉得"配音秀"这个软件很好用,也推荐给了姐姐,结果她比我狂热多了,几乎每周都有新作品,这倒是我没想到的,哈哈!看来人人心中都有"我是一个演员"的灵魂。

说了许多网络的不好,也是有些偏狭了,一件东西能令人上瘾并变为它的奴隶,固然有它危险的地方,但它实际的好与不好,还是在于人的使用吧。没有小伙伴在微信上分享做版画的小视频,平平送我的刻刀估计就要永久闲置了,我可能都想不起来她给过我这个东西。没有豆瓣,我们之间可能也不会有这么多的通信。希望我能做一个意志坚强的人,从时不时的虚无与懒惰中拔出我自己。希望我们今年都会好起来,问候亲爱的菠萝和胖头鱼。

2021-02-23

污士奇 09:29

宝,我在休假时的空虚感最强烈,还常常给自己安排各种任务,结果做到的不足十分之一,于是空虚感更加强烈。上班后作息调整了,反而会抓些空隙来做点事情,心理上多少满足一些。

近一年来,我的画画都没有什么进步,心里有点难过——就像当初发现自己并不是配音天才,原来我画画的天赋也不过这么一点点。不过,前一阵子看到刘半农说的这番话,觉得想通了一些事:"我们在一件特别嗜好的事物上用功夫,无论做得好也罢,坏也罢,其目的只在求得自己的快乐;我们只是利用剩余的精神,做一点可以回头安慰我们自己精神的事;我们非但不把这种的事当作职业,而且不敢藉着这种的事有所希求。"

我不过是个普通人,诚然,太多普通人想做明星,但若能多一些自知,将这一点点天才和爱好变成让自己快乐的事情，也未尝不可。而且，对于这点喜爱的东西，据我的经验，若希求过多，有时反而会变质；不如就为自己发挥一下，能有几个赞扬当然好，没有也就这样了，这就是普通人的人生。

昨日看到一位 H 公司的前同事——现在也是我的好朋友——写了一篇《渡口里》，写得真好，忍不住转发收藏。我也许永远写不出这样的文字：一是对写东西厌倦了（给你写信自然是另一回事）；一是好文字需要锤炼，我于自己的文字并没有这样的热情，时时觉得一旦下笔就是套路，好像住进囚室的豚鼠，四处受困，早已失去了自由表达的能力，词汇和想法都匮乏得紧，写完后自己都不愿意多看一眼。

如今我在文字中感受不到自由，不过幸运的是，我可以在画画中感受到一些自由和无限。

2021-02-27

仙人球爱水　　　　　　　　　　　**20:41**

宝,我好久没有登录豆瓣了,都是访客浏览一下,今天上来才看到你给我写的这么多豆邮。

本来准备今天晚上抽半小时给你写个回信。八点,我坐下,拿出许久未用的笔记本电脑,发现它一滴血也没了。接着,我给它充上电,它慢腾腾地开了机了,我换了个陆大人的壁纸,准备给你回信。然后,我点开豆瓣,反复点,反复失败。我关了机,它过了好久,黑屏了,又重新启动了。这次我没刺激它,耐心等了它几分钟,又刷新了好多下,再点击网页,它终于活了。我继续登录豆瓣,结果失败,又反复琢磨了一下账号密码,终于登上了——一看表,半个小时过去了,我该给菠萝洗漱睡觉了……

你说,我要是趁着这半小时给你写个手写信该多浪漫,唉……所以,对我们这些没有自制力的普罗大众,网络绝对是弊大于利的,它无限放大我们的物欲,杀死了996外所剩无几的时间，让我们本该有些普通爱好的人深深沉沦，变成了一事无成的自我欢娱又自我否定的懦夫。不要讨论自制力的问题，我们的自制力不比小孩子多多少，只是长大了的、放纵又认怂的孩子。所以，我不觉得我有多需要网络，更没有多喜欢网络，我无比厌恶它。那些自控力强的精英人士肯定更喜欢网络，它成功地加深了两极分化。任何形式都本该为人服务的，但我们却把心血砸在一部小小的手机上，像一只嗑药鸡，假装自己很忙很充实的样子。

这个寒假比平时长，我感谢从来只买书不看书的亮亮，他买了六本《庆余年》，我几乎看完了。虽然是个男频小爽文，但我好久没看书了，每天给菠萝揉肚子的时候，我就看一会儿，边揉边看，半个小时就这样过去了。书的封面上有五个小小的、金色的字——"生者庆余年"，让我很有感触。我们行至四十岁，已过了大半生，最浪漫、最有希望、最有活力的年华已经飘走，但读了这句话，仍然很有触动，觉得生者确实可庆。

写着写着，就停不下来了。菠萝已经跟着她爷爷洗漱完了，我也准备去睡了。明天开学日，我的新生活要开始了。祝贺我吧，我又要成为一个早睡早起、作息规律的人了。那些假期里睡到自然醒，再来打个盹，九点前绝对不下床的生活终于结束了。

最近任嘉伦和白鹿拍了一部戏叫《一生一世》，不知道我跟你提过没，里面白鹿的角色就是配音演员，至少原小说里是这么写的。我当时就想到了你，我觉得你配的音挺好。但如你所说，天赋若能和爱好合一就好了，但是你当编辑已经算是合过一次了，你还真想当天选之子啊，是想气死我吗？我最喜欢的广告我没天赋，当老师也只是比做广告略好点，可我该拿自己歪七扭八的普通话怎么办呢？我们手里又没有女主剧本，没有吸引人的声线，也没有傲人的外貌，也没有天生的气质，哭吗？我反正不哭，我看看小言小说，代入一下，开心一刻，小言小说一部部，我的快乐就一直有。

曹老师曾说，吃饭睡觉工作之余，你在做什么，你就是什么样的人。想想你是个多酷的人，画画、旅行、学配音、学吉他（我想加个"逛淘宝"，怕被你打）。

爱你，晚安。

2021-03-05

污士奇 **21:16**

今天又跟龙猪生了一顿气。龙猪今天一大早起来就状态不好,结果我关心他,他什么都不说还爆了顿脾气!还又把发生矛盾的责任推到我身上,这种情况发生过不止一次了。每次都劈头盖脸说是我的问题,讲理都讲不通。

我觉得作为一个伴侣,我做得也够好了,平时不作不闹不乱花费;虽然没有多勤快,但也分担家务和经济,不愿给他压力。因为我觉得不要给对方造成压力,这样两人的相处才自由。每次吵架后,我总会反思自己的问题,他提出我做得不对的地方,我都是尽力注意和改正的,比如他打游戏和工作的时候我尽量避免打扰他,他的雷点我都记着下次不踩。

龙猪当然有优点,两个人在生活上互相陪伴、互相帮忙,也有很多好时光。但是一到有矛盾的时候,他就毫无理由地责怪我。我是真的觉得委屈。我凭什么要受到这么没道理的责怪？

我当然也有发脾气的时候，但不是他惹毛我，我是轻易不发脾气的。我不知道接下来该怎么办。我想的是分开一段时间，我很想回家一趟。但最近有本书稿比较赶紧，可能抽不开身。但完成这个项目之后，我想回家住一段时间，分开一阵子也许比较好。

我还想，如果这个问题长久得不到解决，每次都是这样爆发，我也许该考虑跟他分开。虽然每次吵架都会想到分手，但这次的念头分外清楚一些。也许是因为看了福原爱的离婚报道吧。

仙人球爱水　　　　　　　　　　　　　　　**21:39**

唉，福原爱的事让我触动很大。

我不很了解你们的真实的状况，但就你的描述，我觉得他和亮亮的确很像。心情不好时不说话不表达，一接触直接爆掉，而且口头上总爱把问题归结到别人身上。宁愿最后和你生一场气，也不愿意当下说一句"我今天不开心"。还有一次他生气不开心，我居然是通过看他朋友圈才知道的。

经此一事我明白了：敞开了怀抱活着，男人爱高兴不高兴，反正我们不高兴的时候告诉他们，他们也从来不咋关心。如果开心多于伤心就在一起，如果弊大于利就拜拜，又不靠他们养活。人不能太忍耐，一直反思加自我幻想式的乐观，总觉得日子会越过越好，到了悬崖还跳了跳才死心。为什么我们要研究来研究去，那么关注男人的心情？还不如晾凉他，自己做个有氧运动。自私点能解决大半的问题。

你给我好好上班去，冷静一段真能解决问题吗？没有什么比事业上升期更重要，没有什么比加薪更快乐。冷静过后，再过一阵子，问题还是会卷土重来。

宝，不要活得那么拘束，先让自己活得开心，一边倒的感情不美好，失去自己最不值得。你以前是那种我不开心了得哭或骂你才知道的大条妹子啊。你是个遇到不想吃的饭，一个人单独去吃饭也怡然自得的人，那才是你呀，宝！

污士奇 **22:08**

我想，我还是太乖太在乎他的感受了，所以平时忍让的也多。我现在比如周末出去玩都要考虑跟他一起，要问他的意见，还要想他去哪儿也开心。经过这些事，我觉得我不用考虑他太多了，我想去哪儿就去哪儿，他不爱去就不用去。哎，我觉得跟龙猪在一起之后，已经失去一部分自我了——现在正在努力找回来。也可能亲密关系中难免要失去一些自我吧，不过我得好好想一下以后的相处模式了。

　　我的小伙伴蘑菇有一句名言：一定不要让自己活成男朋友的妈。我得谨记这一点。

2021-04-04

污士奇　　　　　　　　　　　　　　**18:40**

　　亲爱的宝，无惧于你的嘲笑，我又去了鼋头渚……

　　北京冬天的疫情一刀切断了所有户外玩耍的路径，直到今年清明。我觉得我真是憋坏了，无论去哪，我也要去看看绿叶和花朵，再也不想每天拨开眼睛就只能看到光秃秃的北京了。

　　去无锡，不去鼋头渚再看一下樱花的盛况，也不甘心，也想让龙猪感受一下。结果去了之后，发现那个小岛已今非昔比。十年前和晋芳一起去的时候，鼋头渚还没什么名气，我俩赶得刚刚好，半阴天，人不多，樱花全部盛放，拍了好多照片，在QQ空间专门开了相册。当时担心没人知道鼋头渚是哪里，还特别注明是"太湖樱花"。如今再去，人满为患，岛上的游玩路线似乎也变了，樱花似乎又多种了许多片，密密麻麻，跟乌泱乌泱的人头混在一起，看得好累。

　　好在，我俩走了后山的路——大半原因是我完全忘了原先的游览路线,后山这条路跟晋芳没走过——花树虽然不多,但清爽多了。因为忘不了一座种有樱花的桥,跟龙猪去找,果然找到了,人照例很多,但隔湖望去依然是美的。我想起十年前的这个时候,这桥上行人零落,晋芳帮我拍了照片留念。那次去时还冷,我穿着美特斯邦威那件马甲样式的红色薄棉衣(这件衣服许久没穿了,舍不得扔掉,留着当个纪念)。找到了桥,有几处旧景也记起来了,连带着想起晋芳当年写的"所有的马桶都在漏水,这是一个泛滥的世界",当时觉得写得不错,现在觉得也还是不错的。

到了无锡市,发现确实没什么可逛的地方。博物馆没什么意思,惠州古镇让我想起那次很糟心的周庄之旅——古镇里的寄畅园倒是不错,然而我跟龙猪分开游览,中间沟通又出了岔子,结果以在寄畅园门口大吵一架而告终。男人啊,真是不可理喻。无锡的日常吃食没什么可说的,手打小馄饨还可以,然而远不如苏州的鲜美。龙猪很喜欢街面上一家大蒸包,有黑椒牛肉馅、豆角粉丝馅等多种新奇口味,那蒸包之大,把我俩吓了一跳,本来要的是六个,看见实物又赶忙喊了减半。龙猪是个食量奇大、口味常常根据心情变来变去而让人摸不着头脑、总以为自己不挑不拣但实际上很挑剔的家伙,然而这家大蒸包不可思议地在他神秘的大脑袋中占据了一席之地——后来去到苏州,他每天都要去找找看有没有类似的店面。

苏州就是老三篇了,拙政园和苏博肯定是要去的。拙政园依然很好,印象却不及我们上次匆匆看的;重游了拙政园和狮子林,又觉得苏博是拙劣生硬的模仿,展品也不及上次好。在乌镇闲逛是真的很好,跟从前看过的水乡很不一样,老房子的墙壁全是木板做的,刷了桐油,所以经年不坏。人不算多,河水青碧,水面也不挤,大可以坐船晃悠一番。可惜吃食很贵且少有佳品。

又还想去网师园和留园,然而时间不够了,没辙。又去平江路溜达,竟然像是从未去过一样觉得新鲜,大概是因为上次我们是夜晚逛的,这次是傍晚,所以不同吧。临走前在诚品消磨半天,看了整整一层的书,看到头晕眼胀,又买了特价的零食和便利贴,三个小时就这么过去了。诚品的东西真是样样都好,也样样都贵。以后要是能去台北诚品看看,想必更好呢。

旅行回来,我问龙猪:这次最喜欢哪里?哪里最好?他嘟嘟囔囔,不情不愿,半天不说。又催问一遍,他才嘟囔了一会儿,说都那样吧,没啥特别喜欢的。我在心里白了他一眼,又问,那你说说你去过的地方,你觉得哪里最好?他倒是认真想了想,说没啥好的,都挺一般。我心想,呸,你就活该在家喝肥宅水。不过这个回答还是让我重获了心理平衡。回来家里,招指一算，已经两周没有练琴，一个整月没有练习配音，从年前到现在都没去跟棚学习，倒是这次路上看完了于晓丹译的《洛丽塔》，很好的译本。

为了给家里补充食物（这是我逛淘宝的最好理由），又逛了好久淘宝、京东和网易严选，买了一堆吃的。小屋在我的努力下已经变成杂货铺，时时被龙猪嘲讽。龙猪实在看不下去了，给我买了一个四层的铁架子，第一层放满了果干和炸玉米片，第二层放满了意大利面和拌面酱，第三层放满了渝是乎和小龙坎的酱料及各式干面，第四层放满了韩式大酱、辣酱，以及梅干菜和盐。这还不算我在阳台上储备的福州面线、襄垣挂面和广东竹升面，以及茶几底下的两箱牛奶和果蔬麦片。

我又收拾装画材的柜子，发现了各种不同尺寸的素描本、宣纸信笺、空白扇子和木板，各种型号的大小刻刀，以及为了配合油画棒和丙烯颜料买的各色松节油和调和剂……真是画没画几个，东西整了一堆啊。我还嘲笑龙猪爱攒东西，像只老鼠，我好像跟他也没差多少，只是他攒各种机械装备、电子产品以及各类他根本不看一眼的工具书，我攒吃食、文创和画材……我俩三观种种不同，在囤物上倒是惊人地相似，真是一声叹息。

龙猪喜欢买一种黑布朗，酸涩难以入口，然而人家居然能吃得很香甜！果然，非但人的悲欢并不相通，连味觉都是不相通的。

2021-07-18

污士奇　　　　　　　　　　　　　　**10:05**

之前被矿石种草,又特别想要一个月光石的首饰,虽然已经买了米粒珠的手链和项链以及银挂件两三枚,也都不贵,但积少成多,也是很可观了。昨天逛淘宝,看到一个月光石的吊坠,进而又看到各种石榴石、紫晶石和青金石的碎石,放进购物车一大堆,还好忍住没下单。今早又统统移入了收藏夹。

网络时代真是可以无限放大我的物欲啊。我从前觉得我是个物欲淡薄的人,如今觉得其实不是,只是没有遇到自己想要的东西。这方面,龙猪比我清醒多了。我万物都要在网上买,万物都是网上的又好又便宜,比如波兰的牛奶,比如广东的虾子面,比如千禾的酱油。结果家里囤了一堆速食面,有些买错不好吃,结果坏掉了,最终是丢掉。我自己买还不算,还敦促他也在网上买,卫生纸消毒液洗衣凝珠……一样都不能少。龙猪后来拒绝在网上买,他说我们日常的吃用,为什么不能在超市买呢？这些没有了，我们去一趟超市就可以解决啊，还可以看到实物，现场挑选。我深深觉得他是对的——尤其是接连在网上买了两次失败的水果之后……

我想，月光石的首饰，可以缓缓再说；那些矿石，也许该当我去到它们出产的地方旅行时再买，到时候或许不但便宜，也更有意思些。

我想了一下，以后应该每周审视账单，看看有什么不需要花钱的地方却花了，警醒一下自己。我的账单每月递增，这可不大好。

2021-07-20

仙人球爱水　　　　　　　　　　　　　17:04

宝,许久许久没有上豆瓣了,今天看到你前好些日子的豆邮,我觉得你真是个好爱反思生活的人,一定会越过越好的。

我呢,却在叹息自己早先吃过的苦、遭遇过的事太少,所以才会中年如此焦灼。亮亮给我买了《知否》的书,我最近一直在看,已经看完第五本了,我觉得作者的逻辑很好,个人觉得比《庆余年》入情入理多了,当然,我想这也不过是个人口味不同而已。我以前不喜欢种田文,更喜欢言情小说,现在觉得这个比言情小说有趣多了。

菠萝最近在学拉丁,我今天送她下楼的时候突然彻底想通了,这世上道理是道理,所有的道理都是对的,可是理解是一回事,能做是一回事,做好又完全是另一回事了。

活人真的就是一直在修行，这个大白话我今日倒是真品出味了。只是我这修行是越修越差了。

2021-08-09

污士奇　　　　　　　　　　　　　　　**20:40**

　　亲爱的宝，修行啥的我不懂，但我最近可能也有点焦虑了，典型的征兆之一，是我忍不住要买各种东西。

　　虽然对花销有所控制，可周末去宜家，仍然忍不住买了两色长寿花，小型鸭掌木和发财树各一株，孔雀竹芋一盆，已经移栽在花盆里；还怂恿龙猪购入四季梅，龙猪没有积极响应，我也只好作罢了。

　　游泳开始学了。泳衣我有的，然而泳帽、泳镜不知所踪，还得再买。还买了耳塞、背漂、浮板等必备之物，又是一笔开销。过日子不花钱对我来说简直是难上加难啊！好在我现在每天都要看看自己花了多少、买了什么，以警醒自己不要乱花钱。

　　游泳的好处不必多说，可是学费、泳池门票，样样都要钱。我先去上了一堂体验课，深深感到好的教练给人自信和帮助不少。不过我为了省钱，课时也省着用——每次上完课,就自己找时间把学到的技能巩固熟练一番,差不多了再去上下一节课。由此也知道了任何练习都是枯燥的,单是蛙泳蹬腿,都要一遍一遍练习到位变成肌肉记忆。对资质平平的我来说,好像除了语文和画画没觉得太难,其他各种学习都经历了西西弗斯般反复练习的折磨。弹琴如是,配音如是,游泳也如是。

也正是这几样事情,让我觉得龙猪纵然千般不好,还是有值得敬佩之处——他做事极有耐心,常说:哪有什么事情能一下子做好的呢?你今天做一点,明天做一点,慢慢就好了,这都是一个熟能生巧的事情。我后来遇见不好办的事情,想起龙猪这个"熟能生巧",就勉力坚持着做做看,虽然结果离预期还要差很多,但好歹总能做成一些。

龙猪不但勉励我"熟能生巧",也是养殖方面的天才,把我们的蜗牛养得极肥硕。有次房东来观摩蜗牛,忍不住两眼放光,让我深深怀疑他在暗暗地咽口水。我家小阳台的植物,现在少说也有十种,虽然大都是我种下的,但常常没时间打理,他倒是每天都记着去剪枝、浇水、上肥、分栽。我家的老来俏开枝散叶,子孙遍布各个花盆当作鲜艳点缀,不能不说是龙猪的功劳。

有一盆我从花卉市场搬回的文竹,换盆后奄奄一息，本来打算扔掉，被龙猪拦下了。经他摆弄了一个多月，文竹居然活了下来，屡发新枝，青翠可人！从前我摆弄花草（当然都是好养活的），龙猪时常赞我"种啥活啥"，现在当然是十分得意地把这个表扬安在了自己头上，并不遗余力诋毁我"都不管花！种啥死啥！"——虽然我懒，但这个评价还是有失公允，今年我手里确实死了大概五六盆小花，但其中有两盆是生虫了，为了不扩散传染才狠心拔掉的，只能算壮士断腕，绝不能算养死的。

今晚刚收拾好东西，穿好泳衣，套上外套，要去泳池练习蹬腿，好巧不巧被迷你泡芙大小的电子堵在了家里——那冰雹竟然能从窗子直接蹦到楼里来，想必我出去要被打成筛子。龙猪酷爱雨天，也只勉强撑伞在外面待了不到十秒，佯装镇定地退回来了。躺在床上不知怎么想起了《西游记》的片头曲，就打开单曲循环了一会儿，跟窗外噼里啪啦、轰轰隆隆、哇呜哇呜的吵闹声十分契合——这曲子在那时真是新潮啊，即便放到现在，它的编曲也是高明的。

今天还拣出从前在达芙妮买的那双黄色凉鞋，我一直舍不得穿它，因为觉得穿坏了就再也没有了，宁可每天穿那双贵了两倍的百丽，也舍不得穿这双达芙妮。我记得上一双还是跟你们去西安的时候坏掉的，心里满是可惜，把上面的六个彩色珠子拆了保存起来了。结果,今天拿出来看这一双,发现鞋子不穿也是要坏的——鞋底的粘胶有点开了,人造皮革的部分更是有了溃烂的迹象。好吧,再怎么爱它,也该在它最好的时候多穿一穿,总比白白放坏的好。凉鞋自己也更喜欢被穿着出去见识世界吧。

疫情又起,不过帝都人民如我已经麻木。希望今年过年能回家。希望我回家前能学会游泳。

2021-12-30

污士奇　　　　　　　　　　　　　　　　**22:11**

　　宝，这阵子一直很累，总有做不完的事情，都在等着我做完。承诺作者的稿子还没看完，老板又想让我提前做别的，可是我只有一个脑子两只手，怎么办？

　　文案被否决了，初稿设计大家也不看好。元旦假期后再说吧，不给自己也不给设计师添堵了，大家都好好过个节。天大的急事也不急在这三五天。

　　今天我彻底休息了一天，把我还没休完的年假休一休，去看夏加尔的展览。然而，国内的策展商的良心真是越来越坏了！七十多块钱的票！我来看夏加尔，色彩大师夏加尔，毕加索说全世界除了马蒂斯就只有夏加尔懂色彩的夏加尔！结果展览的一大半作品，都是夏加尔给拉封丹寓言做的黑白版画！我这种大俗人喜闻乐见的热闹非凡的经典之作一个都没见着。明年拒绝看任何类型的展览，都是些骗子。

今年下半年,最大的改变是,我开始买二手的衣服和用品了。我依次在闲鱼买了电脑支架、优衣库的外套、鹿与飞鸟的三条温暖的冬裤、两个单向街的布包——这些统统加起来,也就是现下一件冬装新衣的钱。龙猪很是赞同,说我身体力行了低消费主义。

昨天有旧饭,龙猪回来可以吃,我自己煮了辣白菜面。打开库布里克的《巴里·林登》看一段。最近疯狂迷恋库布里克,他的电影真是迷人,拥有库布里克是人类的幸运。啊,宝,不用工作的时间好惬意,浪费也浪费得好惬意啊。我多么想早点退休。

我今年也许是累了,也许是老了,特别期待回家和休假。心态变了许多,从前觉得特别在意的东西,现在好像没那么在意了——这不过是一份工作,我靠它来吃饭而已。越来越不想跟自己较劲了。有就有,没有就没有,慢慢懒怠去争取了,觉得精力不济,更想消磨着过日子。唯有画画,我还有一些热情。

好想回家。

2022

这一年,仙人球爱水成了多抓鱼的常客,不遗余力向学生推荐周杰伦、汪曾祺和三毛;污士奇居家办公,网络追星,活成了一座孤岛,爱上了毛姆的小说。这一年,仙人球爱水还在山西,污士奇还在北京。这一年,我们或多或少尝到了些衰老的滋味,共同的愿望是暴富……

凡是能存在记忆里的,
总是飘散不去的香味。
回想起来那么静,那么深长,
可在人生的时光里也不过是短短一瞬。
只是我们的记忆选择在哪里,
哪里就是生命的栖息地。

——仙人球爱水

2022-02-12

仙人球爱水 **23:14**

宝,我们今天去了市里。本来是我们一家准备去的,后来加入了我小姨,再后来又加入了我四妈和我姐姐一家,浩浩荡荡地去玩了。同学推荐我们去吃小杨生煎。除了美味的生煎,我还吃到了糖藕和鸭血粉丝汤,一瞬间感觉回到了上海——想起了和你一起去亲戚家,在鲁迅公园看残荷,在你们单位附近喝鸭血粉丝汤。我把最快乐和最困顿的时光留在了上海,也不是因为这城市有多好,可能是那里曾有最纠结、最投入在生活中的最幼稚的我吧,回过头看看,现在的我真的是把魂丢了的人呀,什么都可以,只要发工资就可以。

今天亮亮送我两瓶安娜苏的小香水,我不知道你是否还记得,我以前老和你念叨。今天终于认真闻了它的气味,甜甜的,我很爱闻。现在想来,我后来能买它的时候,为什么没有了买它的劲头了呢?所以我老鼓励菠萝去做她想做的，比如穿汉服啊，买有长飘带的发饰啊，还怂恿她长大后染头发。好些事情错过那个时候，真的没有勇气做，更怕没有欲望去做了。

今天，我妈妈他们一致认为我偶像是个妖精，哈哈，我居然也并不气。我好像因为追星，已经把自己圈进一个自闭的世界了，并不需要人理解，也不需要人认同，我在我的世界里自得其乐。一开始是觉得挺寂寞的，但独自追星久了，也就习惯了。身边的成人世界，大家关注的是奇闻逸事以及周遭人的倒霉事，不论青红皂白，认定过生活一定要跟大家一样，最好差不离，女生就要柔软漂亮，男生化浓妆就是人妖……好吧，我觉得我就这样窝在我自己的追星世界里也不错。

晚安。

2022-03-11

污士奇　　　　　　　　　　　　　　　**10:07**

　　宝，距离上次写给你，好像又过了两个多月了。看到你说，有些事错过年龄就没有欲望去做了，深以为然。何止错过年龄呢？我常常冷不丁有话想和你说，错过了半天，那些话就在琐碎中忘记了，有写信的欲望也记不起要写什么。

　　今天刚好是个浓阴的雾霾天，吸一口如昏如醉。我不想做早饭，出去买了双蛋煎饼，在路上吃了一半，留下一半当下午充饥的点心。在小区花坛里看见一丛盛放的迎春花。虽然年年见她，但那个欣喜的感觉，年年都有，并没有因为每年都见，就不新鲜了。北方的凛冬让人更爱惜有生命的东西，这可能在南方人看来并没有什么吧。

　　我因为去年生病，今年格外在意攒钱了，原本我是一点儿都不在意这些，挣多少花多少，今年的我变成了一个精打细算的家伙。我先把手头能凑起来的积蓄，选了一个利率最高的银行存了定期。剩下一部分备用的钱，又分别找了几个最低风险的活期理财放进去了。

我昨天计算了一下，以我在北京的花销，一个月是存不下多少钱的，但如果每个月攒下来的钱都放进活期理财，然后年底统一取出去定存，也不失为一个循序渐进的存钱计划。过年时，我查看去年一整年的账单，把自己吓了一跳，今年厉行节约，网购几乎少了一半，每天的花销也尽量有所控制。

昨天下午家里没什么可吃的，我饥肠辘辘冲到超市去买零食，结果发现以前喜欢吃的薯片、豆干、肉脯之类，现在统统都不想吃了，不但觉得香精味太重，还觉得这些食物太不健康……最终买了一袋紫薯回家，还是自己做些零食比较健康美味。也想过要不要再网购些零食糖巧，可想来想去，不如花钱在新鲜水果上，好吃又健康。今天一早去了超市，买到了折价香蕉和小番茄，满意地拎回家了。这些折价水果只是皮相差了一点，吃起来并不坏，这次的小番茄味道就很好，价格只有平时的一半还不到。

想起去年的这个时候，我正热衷于网购雷州的冰糖木瓜、海南的大青芒、湖南的春见耙耙柑。其实到手后的水果，很少有十全十美的，总是有磕碰的地方，购买的时候鬼迷心窍觉得占了大便宜，然而算算邮费和水果的折损,并不比超市的便宜多少。我想起一个小伙伴常说的,蔬菜水果吃应季便宜的就好了,吃不起外地的,本地的也是一样吃嘛。是这个道理。想起我小时候常看一种三流故事杂志,里面常有些教化的故事,动不动说某人欲壑难填。嗯,在吃食上面,我也挺欲壑难填的。

最近看到一个友邻说:去年试着在海外某电子书聚合器发表了中文作品,没想到真的能自行发表"全球"中文电子书,还能免费给一个ISBN,是真的ISBN,现在居然还在澳洲产生了销售。在国外平台发表中文作品比在国内方便多了。等我闲下来了,也想试试。

2022-04-24

污士奇 **10:10**

亲爱的宝,虽然你很久没回我了,不过感觉咱俩的豆邮就像我的一个树洞,有什么话还是想在这里讲。

开春的我压力有点大,有一阵子不太开心,现在对工作的热情降低了几乎一半吧。身体素质也在肉体可感地衰落中。我最近特别在乎钱,各种查看能保守生钱的方式。然而想到未来又觉得空虚——即便这样又能怎样呢?谁知道未来会怎样呢?我真的能活到领养老金吗?我现在辛辛苦苦积攒的钱,到时候真的不会随着物价飞涨一文不值吗?

我想我是太焦虑了,但这焦虑又会常常随着我放开肚子吃了铁板烤串和臭豆腐而烟消云散一阵子——然后,等我为某件事情着急的时候,这些焦虑就又会回来。

昨天看《海上花落》,真是很好看。又忍不住想换更大屏幕的阅读器。忙乱了一晚上和一清早，又担心国产货品控差，又反思自己好像也并不需要换大屏阅读器——自己的一堆纸书还看不完。哎，多么徒劳无功，为了自己的一时贪欲，让自己更加空虚了。

宝，我希望我赶紧好起来。我希望我的工作赶紧做完。我好想回去看看你和我妈妈。

2022-05-18

仙人球爱水　　　　　　　　　　　　**20:41**

宝，忙于追星的我，好久没有上豆瓣了，今天点开一看，才看到你的豆邮。好久没有见到你，前几天晚上做梦，梦到去同事家做客，她家可以唱歌，别人唱了一晚上的歌，只有我点了一晚上的歌，结果自己想唱的一首都没有，就这样在梦里伤心了一晚上，睡睡醒醒，醒醒睡睡。

生活于体制内的我，对于钱和养老的忧虑可能要少一些，但对于老的感觉真的太深刻了，自己四十岁，父母就更老了，经常会觉得很累，很难像以前那样，斗志昂扬地上完一天的课了。

但也有活明白的地方，那就是知道了要去做重要但不紧急的事，比如每天腾出时间教学生练字朗读，比如努力在学校跳操，也明白了好多时候累是心里觉得累，要学会安放自己，从容些，再从容些。

也开始不定期地在多抓鱼上和同事一起拼单买

书,有好的书就努力推荐给学生,坚持和学生一起听歌,凭一己之力成功推销了周杰伦、汪曾祺和三毛。

没办法,感觉自己不会变更好了,但生活还在继续,就努力让自己舒服一些吧。

2022-06-11

污士奇 **10:51**

亲爱的宝,这几天有坚持晨跑。今天跑步回来,想明白了一件事。

这几个月来,我过得挺焦虑的,不停地攒钱,搞一些保本的理财,还花了一笔小钱去炒股了(对啊,我自己都没想到我会去炒股,我是多想一夜暴富啊)……好在我没什么炒股的耐心,贪心虽然有,也没有大过我的吝啬,我给自己定下的规矩是:不管能不能挣钱,一定不能亏钱(行吧,就这点赌徒的勇气,我看我也是没办法暴富了)。

除了这些,我还隔几天算一下自己的养老金,算一下我的储蓄利率到时候能让我赚到多少钱。想我原先也没有如此财迷,四十不惑的时候,反而陷入了财务焦虑,也真是不可思议。

想一想,大概是真的厌倦了工作,太想退休了。过年休假的那段时间,每天吃吃睡睡,毫无负罪感,那样舒服地过完了十二天，我还觉得不够。而我昨天又查了退休制度，城镇职工女性，最早也要五十岁才能退休，我又开始计算五十岁之前我能赚多少钱，并计算这些钱能生出多少利息来。

早十年前，我从来不会担心老去的生活，也不是豁达，就是从来不想这些事情，觉得到时候没有好的生活，就算死掉也没什么关系。但现在的我，完全调了个儿。老去的生活对我来说似乎越来越重要了，也更在乎活着这件事。

今天早上，我像之前的无数个早晨一样，穿过门口的人工林和麦田往回走，慢慢地散步，想着我的肉眼可见都不会变得物质充裕的未来，觉得现在的我过得好疲惫。十年会发生多少事？谁也不能够确切知道。这样焦虑地去给自己一个貌似确定的未来，反而是虚幻的。这件事让我对生活失望，又给了我一些解脱感。对未来的焦虑，对未来的计划，让本来就身心俱疲的日子变得更加得过且过，这对于本来就拥有不多的我来说，是多么不划算的一件事啊。

昨天看完了英格玛·伯格曼的《芬妮与亚历山大》（我终于老到可以忍受伯格曼冗长的电影了），里面的一段台词很打动我：

> 世间充满宵小之辈，夜晚也已来袭。

邪恶挣脱了枷锁,如疯狗横行,无人幸免。天命难违,且让我们在欢乐时尽兴。

从前也常说"及时行乐",那是无思无虑的乐。现在说"及时行乐",大概是在满地鸡毛的、也说不上多了不起的琐碎小苦头里面找点乐子吧。

这阵子还喜欢毛姆,他给《人性的枷锁》写的自序里面有一句话,也是很触动我,大意是:年轻时写作追求辞藻和行文结构,语不惊人死不休,可现在提笔再写小说,早已失去了玩弄辞藻的兴趣——能把自己要说的说明白,已经很不容易了,哪来的时间和精力去研究辞藻呢?

夏至将至,暑安!

2022-08-10

污士奇　　　　　　　　　　　　　　　22:54

　　亲爱的宝，在立秋后的第一天晚上，我想了很多，本想微信跟你说，但又觉得那样太累了，不如慢慢写给你。

　　我的眼睛越来越差了，虽然也没停过锻炼身体，但感觉整个人在慢慢变僵。长期居家办公，把本该有的面对面的交流都省略掉了。我有一次跟朋友去野餐，发觉眼睛活动得比平时多了很多，因为一会儿要跟这个说话，一会儿又要跟那个说话，一会儿要看看这里，一会儿又要看看那里。忽然意识到，居家办公几乎让我的全部时间都死盯着一个地方——摸鱼也是看着电脑摸，眼睛都失去了活动的空间，交流全凭打字，整个人活成了孤岛，还是个不灵活的孤岛——哎，我真是厌倦了这份工作，身体上厌倦，心理上也厌倦了。我好想不再只跟电脑上的文字和图像打交道，而是跟活生生的人打交道啊。

最近看毛姆的《人性的枷锁》，看到他做医生助理，与各色各样的人打交道——当然他爱这个职业，写出的尽是与人打交道的种种好处，又是追溯往昔，往往带了暖色的滤镜，所以我不免也受了这暖色的影响，对自己的未来想入非非。我深深觉得居家太久不适合我的个性，我还是喜欢在群体中做事，长久的孤军奋战只有让我逐渐消沉，士气的消磨肉眼可见。

好像人在焦虑的时候，还更会沉迷追星，一有空就想去看看这样那样的消息。我曾想过，为何人会对明星而不是真正的好演员产生狂热？特别好的演员，比如梁家辉，当之无愧的演技之神，我对他更多是欣赏，会看他的很多作品，赞叹他的表演，但对他本人怎么样并没那么关心。他这样的演员，在每部作品里面会完全变成角色本身，隐去自己，大概正因如此，才不容易形成"养成"审美吧。

而对于个人特质（比如美貌）很突出的明星，就很容易引发我的狂热，想要考古他们的一切，还忍不住关心他们的未来。我原本以为我容易对本色派演员狂热，但后来想想，好像也不完全如此。冷静下来看，这些角色跟他们本人并不像，甚至是很不像。他们把自己的美貌和气质给了这些角色，而角色又给了他们原本没有的光环。美貌和光环加在一起，那不是神又是什么呢？然而这些"神"也不是高高在上的，往往有些性格上的缺憾，有一些可以让人心疼的地方，让迷恋他们的人发生共情和关心。这样来看，影视真是最好的造梦工厂啊。电视剧还比电影更容易让人狂热，因为电视剧篇幅够长，有足够"养成"的时间。就像你说的，我们是因为喜欢上了这个角色，才喜欢上了这个人。

今天看《月亮和六便士》的开头，一句话击中了我，大意是：我们迷恋那些明星，那些伟大的人，搜集关于他们的一切流言，拼凑他们的一切似是而非的生活碎片，为他们狂热……这是对平凡生活的浪漫抗议。毛姆真是棒啊。在这个年龄遇到毛姆，是我的幸运。

图书在版编目（CIP）数据

两个普通女人的十年通信 / 仙人球爱水，污士奇著.
上海：上海文艺出版社，2025. -- ISBN 978-7-5321
-9299-1

Ⅰ.I267.5

中国国家版本馆 CIP 数据核字第 2025EM8974 号

责任编辑：肖海鸥　叶梦瑶
特约编辑：任绪军
书籍设计：左　旋
内文制作：重庆樾诚文化传媒有限公司

书　　名：两个普通女人的十年通信
作　　者：仙人球爱水　污士奇
出　　版：上海世纪出版集团 上海文艺出版社
地　　址：上海市闵行区号景路 159 弄 A 座 2 楼 201101
发　　行：上海文艺出版社发行中心发行
　　　　　上海市闵行区号景路 159 弄 A 座 2 楼 206 室 201101
　　　　　www.ewen.co
印　　刷：上海盛通时代印刷有限公司
开　　本：1092×787　1/32
印　　张：13.625
字　　数：231 千字
印　　次：2025 年 7 月第 1 版　2025 年 7 月第 1 次印刷
ＩＳＢＮ：978-7-5321-9299-1/I.7294
定　　价：78.00 元
告 读 者：如发现本书有质量问题请与印刷厂质量科联系
　　　　　T：021-37910000